LE PARC

DE MANSFIELD.

IV.

LE PARC
DE MANSFIELD,

OU

LES TROIS COUSINES,

PAR L'AUTEUR DE RAISON ET SENSIBILITÉ,
OU LES DEUX MANIÈRES D'AIMER; D'ORGUEIL
ET PRÉJUGÉ, etc.

TRADUIT DE L'ANGLAIS,

PAR M. HENRI V******N.

TOME QUATRIÈME.

———

PARIS,

J. G. DENTU, IMPRIMEUR-LIBRAIRE,
rue des Petits-Augustins, n° 5 (aucien hôtel de Persan).
1816.

LE PARC

DE MANSFIELD,

ou

LES TROIS COUSINES.

~~~~~~

CHAPITRE PREMIER.

LA nouveauté de voyager, et le bonheur d'être avec William, produi-
sirent bientôt leur effet naturel sur
l'esprit de Fanny, lorsque le parc
de Mansfield fut laissé en arrière
et que l'on quitta la voiture de sir
Thomas à la première poste.

La conversation entre le frère et
la sœur ne tarissait point; chaque
objet devenait un sujet d'amuse-

ment. William parlait souvent de la goëlette *la Grive*, de son espoir de se trouver bientôt dans une brillante action, qui le ferait devenir premier lieutenant, ou qui lui donnerait des parts de prise en argent qui serviraient à rendre la maison paternelle plus agréable, et à bâtir la petite maison où lui et Fanny passeraient leur vie ensemble.

Les interêts immédiats de Fanny, relativement à M. Crawford, ne faisaient point le sujet de la conversation. William savait ce qui s'était passé, et il regrettait sérieusement que sa sœur fût aussi indifférente pour un homme qu'il estimait infiniment. Mais il était d'un âge où l'on est tout pour l'amour, et en conséquence, il ne pouvait blâmer sa sœur.

Fanny avait des motifs pour croire qu'elle n'était point encore oubliée par M. Crawford. Sa sœur lui avait écrit souvent dans les trois semaines qui venaient de s'écouler, et dans chaque lettre, il y avait quelques lignes aussi animées et précises qu, ses discours. C'était une correspondance que Fanny n'aimait point. Edmond n'avait point de repos que Fanny ne lui eût lu chaque lettre, et alors elle était forcée d'écouter ses louanges sur le langage de miss Crawford et sur la chaleur de son attachement. Il y avait en effet, dans ces lettres, beaucoup d'allusions auxquelles Edmond ne pouvait se croire étranger, et Fanny ne pouvait recevoir avec plaisir une correspondance qui la forçait à lire les vœux d'un homme qu'elle n'aimait point, et à servir la passion pour une autre femme qu'elle, de celui qu'elle aimait. Elle espérait que lorsqu'elle ne serait plus sous le même toit qu'Edmond, miss Crawford n'aurait plus de motifs pour lui écrire, et qu'à Portsmouth, leur correspondance finirait par s'éteindre.

Ces pensées et d'autres semblables, faisaient que Fanny avançait joyeusement dans son voyage, et aussi rapidement qu'on pouvait le faire dans le mois de février. Ils arrivèrent à Oxford, mais Fanny n'eut que le temps de donner un coup-d'œil au collége où Edmond avait étudié. Ils ne s'arrêtèrent point dans cette ville, et vinrent souper à Newbury.

Le soir du jour suivant, ils étaient

auprès de Portsmouth : ils passèrent le pont-levis et entrèrent dans la ville comme le jour finissait. Guidés par la forte voix de William, ils furent conduits dans une rue étroite, et s'arrêtèrent devant la porte d'une petite maison habitée par madame Price.

Fanny était toute saisie. Au moment où ils s'arrêtèrent, une servante d'une mise très-négligée, qui paraissait les attendre, s'avança, ayant l'air plus empressée de leur dire des nouvelles que de les aider, et s'écria aussitôt : « M. William, *la Grive* est sortie du port ; l'un des officiers est venu ici. » Elle fut interrompue tout à coup par un beau jeune garçon de onze ans qui, sortant précipitamment de la maison, poussa la servante de côté, et, pen-

dant que William ouvrait la chaïse
de poste lui-même, s'écria : « Vous
arrivez précisément à temps. Nous
vous attendons depuis une demi-
heure. *La Grive* est sortie du port
ce matin. Elle avait bien bonne
mine. On pense qu'elle recevra ses
ordres dans un jour ou deux. Monsieur Campbell est venu ici à quatre
heures pour s'informer de vous. Il y
a une des chaloupes de *la Grive*
dans laquelle il doit partir à six heures, et il espère que vous serez arrivé à temps pour partir avec lui. »

Pendant que William aidait Fanny à descendre de la voiture, ce
jeune frère lui donna à peine un
coup-d'œil, mais il ne se refusa
point à ce qu'elle l'embrassât, quoiqu'il fût entièrement occupé de donner de nouveaux détails sur la sortie

de *la Grive*, qui l'intéressait d'autant plus vivement, qu'il devait commencer sur ce bâtiment sa carrière de marin, dans ce moment même.

Un instant après, Fanny rencontra sa mère dans le corridor étroit qui était à l'entrée de la maison, et en fut reçue avec toute la tendresse qu'elle pouvait désirer. Ses traits lui rappelèrent exactement ceux de sa tante Bertram. Deux jeunes sœurs, l'une, Susanne, belle jeune fille de quatorze ans, et l'autre, Betsy, la plus jeune de la famille, âgée de cinq ans, témoignèrent également de la joie à la voir, quoique sans aucune forme de politesse pour la recevoir. Mais Fanny ne demandait que de la tendresse de leur part.

On la fit entrer dans le parloir,

qui était si petit, qu'elle crut que ce n'était qu'une étroite antichambre. Cependant comme elle vit que l'on s'arrêtait dans cette chambre, elle se blâma elle-même des sentimens qu'elle avait éprouvés en y entrant, et s'efforça de n'en rien laisser apercevoir. Mais sa mère ne pouvait rester assez long-temps assise pour les remarquer. Elle retourna bientôt à la porte qui donnait sur la rue pour voir William : « O mon cher William! combien je suis aise de te voir! Mais, as-tu entendu parler de *la Grive?* Elle est déjà sortie du port, trois jours plutôt que nous ne le pensions. Je ne sais comment faire les préparatifs de ton frère Samuel; les ordres peuvent arriver demain. Je suis prise tout à fait au dépourvu, et maintenant il faut que tu partes aussi pour Spithead. Campbell est venu pour te chercher. Que ferons-nous ? J'espérais passer une soirée agréable avec vous. Tout me vient à la fois.»

Son fils répondit gaîment que tout était pour le mieux. « J'aurais certainement préféré que la goëlette fût restée dans le port, pour que j'eusse quelques heures à passer avec vous. Mais comme il y a une chaloupe à terre, il n'y a pas moyen de ne pas s'y embarquer. Où *la Grive* est-elle placée ? à Spithead ? auprès du Canopus ? Mais qu'importe ? Fanny est dans le parloir, pourquoi restons-nous dans le passage ? Venez, ma mère, vous avez à peine regardé votre chère Fanny. »

Tous deux entrèrent, et madame Price, après avoir embrassé de nouveau tendrement sa fille , et parlé un peu de la taille qu'elle avait acquise, commença à s'inquiéter de ce dont les deux voyageurs pouvaient avoir besoin pour se remettre de leurs fatigues.

« Chers enfans ! combien vous devez être fatigués ! Et maintenant, que vous donnerai-je ? Voudrez-vous une tasse de thé , ou quelque autre chose ? Je crains que Campbell ne soit ici avant que nous ayons le temps de préparer un beef-steak. Nous n'avons point de boucher dans le voisinage; c'est très-gênant, de n'avoir point de boucher dans la rue. Nous étions mieux dans notre précédente maison. Peut - être voudrez-vous du thé aussitôt qu'il pourra être prêt ? »

William et Fanny dirent qu'ils

préféraient le thé à toute autre chose. En ce cas, Betsy, ma chère, cours à la cuisine, et vois si Rebecca a mis l'eau sur le feu. Dis-lui d'apporter le thé le plutôt possible... Betsy est une très-bonne petite ménagère. »

Betsy courut avec empressement, fière de montrer son habileté devant sa belle nouvelle sœur.

La mère, inquiete, continua : « Quel triste feu nous avons ! Vous devez être transie de froid ; approchez davantage votre chaise. Je ne sais où a été Rebecca. Il y a plus d'une heure que je lui ai dit d'apporter du charbon. Susanne, vous auriez dû prendre soin du feu. »

« J'étais en haut, maman, à faire ma besogne, répondit Susanne avec un ton décidé qui fit tressaillir Fanny. Vous savez que vous venez de décider que ma sœur Fanny et moi nous aurions l'autre chambre ; et je n'ai pu avoir Rebecca pour m'aider. »

Différentes choses qui survinrent, empêchèrent la continuation de la discussion. D'abord , le postillon vint pour être payé, ensuite, il y eut un combat entre Samuel et Rebecca, sur la manière de porter au premier étage la malle de Fanny, que Samuel voulait transporter tout seul ; et enfin, M. Price vint lui-même, précédé par les éclats de sa voix bruyante, et par une sorte de jurement, parce qu'il s'était heurté dans le passage contre le porte-manteau de son fils. Il criait qu'on allumât une chandelle ; on n'en apportait toutefois pas, et il s'avança ainsi dans la chambre.

Fanny s'était levée pour aller à sa

rencontre ; mais elle se rassit, s'apercevant qu'il ne la voyait pas dans l'obscurité, et ne pensait nullement à elle. Il commença aussitôt, après avoir secoué amicalement la main de son fils : « Ha ! sois le bien venu, mon garçon ! Je suis bien aise de te voir. Sais-tu les nouvelles ! *la Grive* est sortie du port ce matin. Alerte ! est le mot du guet, comme tu vois. Par Dieu ! tu arrives juste à temps. Je ne serais point étonné que vous partissiez demain. Cependant, vous ne pouvez pas partir avec le vent qu'il fait, si vous allez croiser à l'Ouest avec *l'Eléphant,* comme le pense le capitaine Walsh. Par Dieu ! je voudrais que cela fût vrai ; mais le vieux Scholey croit que vous irez d'abord dans le Texel. Eh bien ! nous sommes prêts, quelque chose qu'il en soit. Mais, par Dieu! tu as perdu un beau coup-d'œil en n'étant pas ici ce matin, pour voir *la Grive* sortir du port. Je n'aurais pas voulu pour mille guinées manquer ce coup-d'œil-là. J'ai passé deux heures cette après-midi sur la plate-forme, à la regarder. Elle est en poupe de *l'Endymion*, à bas-bord de *la Cléopâtre.* »

« Ah! s'écria William, c'est-là précisément que je l'aurais placée. Mais, mon père, voici Fanny; il fait si sombre que vous ne l'apercevez pas. »

M. Price embrassa alors sa fille, en avouant qu'il l'avait tout à fait oubliée; et après ce baiser cordial, et avoir observé qu'elle était grande comme une femme, et qu'il pensait qu'il lui faudrait bientôt un mari, il

parut très-porté à l'oublier de nouveau.

Fanny se remit sur sa chaise, un
peu affligée du langage de son père,
et incommodée de l'odeur d'eau-de-
vie qu'il exhalait. Il ne parla plus
qu'à son fils, et seulement de *la
Grive*, quoique William essaya plus
d'une fois de le ramener à Fanny et
à son voyage.

On obtint enfin une chandelle;
mais comme il n'y avait encore aucune apparence de thé, William se
détermina à aller changer d'habit, et
à faire ses dispositions pour partir
dans la soirée.

Comme il quittait la chambre,
deux jeunes garçons vermeils, les
habits en désordre et tout crottés,
âgés de huit à neuf ans, se précipi-
tèrent dans le parloir. Ils sortaient

de leur école et accouraient pour
voir leur sœur, et dire que *la Grive*
était sortie du port. Ils s'appelaient
Thomas et Charles; celui-ci était né
depuis le départ de Fanny; mais elle
avait vu Thomas enfant, et elle était
charmée de le revoir. Tous deux furent tendrement embrassés par elle;
mais elle voulait garder Thomas à ses
côtés, pour reconnaître les traits de
l'enfant qu'elle avait chéri. Thomas,
toutefois, ne s'arrangeait point de
ces caresses. Il n'était pas venu à la
maison pour y rester assis, mais
pour courir et faire tapage. Bientôt
les deux garçons s'échappèrent d'auprès de leur sœur, et firent un tel
vacarme dans le corridor et dans le
parloir, que Fanny eut bientôt un
violent mal de tête.

Elle avait vu toutes les personnes

de la famille qui étaient à la maison.
Il y avait encore deux autres frères
plus jeunes qu'elle, dont l'un était
employé dans une administration à
Londres, et l'autre, officier marin,
à bord d'un bâtiment de l'Inde. Mais
quoiqu'elle eût vu tous les membres
de la famille, elle n'avait pas encore
entendu tout le bruit qu'ils pouvaient
faire. William appela bientôt, du second étage où il se trouvait, sa mère
et Rebecca; il cherchait quelque
chose qu'il ne retrouvait plus. Une
clef était égarée : Betsy était accusée
d'en avoir fait un jouet.

Madame Price, Rebecca et Betsy
montèrent ensemble pour se défendre, toutes parlant ensemble, et
Rebecca plus haut que les autres.
Pendant ce temps-là, Samuel, Thomas et Charles se poursuivaient sur

l'escalier, en faisant des cris et en sautant les uns après les autres.

Fanny était presque assourdie. La petitesse de la maison, et le peu d'épaisseur des murs, n'empêchaient aucun bruit de venir frapper ses oreilles. Dans la chambre, tout était assez tranquille; Susanne ayant disparu avec les autres, il n'y était resté que son père; et celui-ci prenant une gazette qu'un voisin avait coutume de lui prêter, s'était mis à la lire avec attention, sans paraître se rappeler l'existence de sa fille. La seule chandelle qu'il y eût dans l'appartement, lui servait entièrement; il la tenait entre le journal et lui, sans penser pour cela aux convenances pour les autres.

Tel était l'état de la maison. Ce n'était pas ce que Fanny avait attendu, mais elle se reprochait d'en être attristée ; quel droit avait-elle de se croire de quelque importance dans la maison ? Peut-être ne serait-ce pas tous les jours de même. Le départ de *la Grive* était en ce moment l'objet qui absorbait tout. Un ou deux jours suffiraient pour lui montrer qu'il n'en était pas toujours ainsi. Cependant, elle pensait que cela ne se serait pas passé de la même manière à Mansfield.

Elle fut interrompue dans ces réflexions, par une exclamation de son père, au moment où le bruit avait redoublé dans le corridor. « Au diable ces jeunes drôles ! quel vacarme ! Hé !... La voix de Samuel l'emporte par dessus tous les autres ; il est bon pour faire un matelot. Holà ! Samuel ! soyez plus tranquille, ou bien je vais après vous. »

Cinq minutes après cette menace, les trois garçons entrèrent tout à coup dans la chambre, et s'assirent, le visage enflammé et tout essoufflés, continuant de se faire des niches sous les yeux de leur père.

La porte s'ouvrit enfin pour un objet qui fut bien reçu. C'était le thé que Fanny avait désespéré de voir arriver dans la soirée. Susanne, accompagnée d'une seconde servante, prépara tout, et s'acquitta très-bien de cet emploi Les esprits de Fanny furent ranimés ; ses forces furent de même réparées. Susanne avait une physionomie ouverte et aimable ; elle ressemblait à William, et Fanny espérait trouver en elle, comme dans William, des dispositions amicales pour elle.

Dans cet état de choses, qui était plus paisible, William rentra, suivi de sa mère et de Betsy. Il était en uniforme de lieutenant, ce qui le faisait paraître encore avec plus d'avantage. Il s'avança vers Fanny avec le sourire du bonheur sur les lèvres. Fanny se leva et le regarda pendant un moment avec admiration, et se jeta ensuite dans ses bras, émue à la fois par le chagrin et le plaisir. Mais elle se remit bientôt et essuyant ses larmes, elle examina l'uniforme de William, écoutant les espérances qu'il lui donnait de le voir chaque jour avant qu'il mît à la voile.

Quelques instans après, parut M. Campbell, chirurgien de *la Grive*, qui venait chercher son ami. Après un quart-d'heure de vif entretien entre les hommes, le bruit fut à son

comble. Les hommes et les jeunes
garçons se mirent en mouvement.
Le moment de partir était venu;
tout était prêt; William prit congé,
et tous sortirent. Les trois garçons,
malgré les instances de leur mère,
voulurent voir leur .frère et monsieur Campbell s'embarquer, et M.
Price sortit en même temps pour
aller rendre à son voisin la gazette
qu'on lui avait prêtée.

Une espèce de tranquillité pouvait être attendue enfin, lorsque
Rebecca eut emporté l'attirail du
thé, et que madame Price, après
avoir serré quelques robes que Betsy
avait ôtées d'un tiroir pour s'en faire
un jouet, s'assit en exprimant ses
regrets de ce que Samuel n'eût pas
été prêt à partir avec William.

Les questions commencèrent, et

l'une des premières, fut comment lady Bertram agissait à l'égard de ses domestiques. La famille Bertram fut oubliée, pour le détail des défauts de Rebecca, contre laquelle Susanne et la petite Betsy elle-même formaient aussi des plaintes.

Fanny gardait le silence, et en regardant la petite Betsy, se rappelait une autre jeune sœur qui était morte depuis son départ. Mais craignant d'affliger sa mère, elle n'en avait pas fait mention. Pendant qu'elle était occupée de ces pensées, la petite Betsy, à quelque distance, examinait quelque chose furtivement, et paraissait vouloir en dérober la vue à Susanne.

« Qu'est-ce que tu as là, mon amour ? dit Fanny; viens me le montrer. »

C'était un couteau d'argent. Aussitôt Susanne s'élança de sa chaise, en le réclamant comme sa propriété, et cherchant à l'ôter à Betsy. L'enfant courut se mettre sous la protection de sa mère, et Susanne ne put que se plaindre en cherchant à mettre Fanny dans ses intérêts. « Sa petite sœur Marie lui avait donné ce couteau à son lit de mort, dit-elle ; mais sa mère le lui avait ôté, et le laissait toujours prendre à Betsy. »

Fanny fut tout à fait choquée. Tout sentiment de devoir de tendresse et de délicatesse était blessé par le discours de sa sœur, ainsi que par la réponse de sa mère.

«Comment, Susanne, pouvez-vous être si revêche ? Vous êtes toujours en querelle à cause de ce couteau. Pauvre petite Betsy, combien Susanne est peu complaisante pour toi ? Mais tu n'aurais pas dû prendre ce couteau dans le tiroir, parce que Susanne se fâche toujours à cause de cela. Une autrefois je le cacherai, Betsy. La pauvre petite Marie ne se doutait pas qu'il deviendrait un sujet de dispute, lorsqu'elle me dit, deux heures avant qu'elle mourût : « Maman, donnez mon couteau à Susanne quand je serai morte. » Pauvre petite ! c'était un couteau de sa marraine, madame Maxwell. Elle l'avait reçu six semaines avant sa mort. Pauvre petite créature ! Mais elle fut enlevée aux maux à venir. Betsy ! vous n'avez pas le bonheur d'avoir une pareille marraine ; la tante Norris demeure trop loin de nous, pour penser à de petits enfans comme vous. »

Fanny n'avait, en effet, rien apporté de la part de la tante Norris, qu'une recommandation à sa filleule, d'être une bonne fille, et de bien apprendre à lire.

Fanny, fatiguée de corps et d'esprit, accepta avec empressement la première invitation que sa mère lui fit d'aller se mettre au lit, et elle quitta la chambre dans laquelle tout était devenu de nouveau en désordre. Les trois garçons rentraient, demandant leur souper; M. Price criait qu'on lui apportât son rum, et Rebecca ne se trouvait jamais où elle aurait dû être.

L'appartement où se rendit Fanny n'avait rien qui pût ranimer ses esprits. La chambre qu'elle devait partager avec Susanne était petite et à peine meublée. Son imagination était frappée de la petitesse des appartemens qu'elle avait vus, ainsi que de celle de l'escalier et des corridors. Elle ne pensait plus qu'avec respect à sa chambre de Mansfield.

CHAPITRE II.

Sı les sentimens de Fanny avaient été connus de sir Thomas, lorsqu'elle écrivit à sa tante pour lui annoncer son arrivée, il n'aurait pas désespéré de réussir dans son plan ; s'il eût connu la moitié de ceux qu'elle éprouvait au bout d'une semaine, il aurait pensé que M. Crawford était certain de l'obtenir, et il aurait admiré sa propre sagacité.

Avant une semaine, en effet, tout fut contrariété pour Fanny. William était parti, *la Grive* avait reçu ses ordres, le vent avait changé, et pendant que William était resté à bord de sa goëlette, il n'était venu que deux fois à Portsmouth. Fanny n'avait eu avec lui aucun entretien particulier, elle ne l'avait vu qu'à la hâte. Sa dernière pensée avait été pour elle. Prêt à partir, il s'était adressé à sa mère, et lui avait dit : « Prenez soin de Fanny, ma mère ; elle est délicate, et n'est pas habituée, comme nous, à une vie rude. Prenez-en soin, je vous en prie. »

William était parti, et la maison où il avait laissé Fanny était, à tous égards, l'opposé de ce qu'elle avait espéré. C'était la demeure du bruit, de la confusion et de l'inconvénance. Personne n'était à sa place, et rien n'était fait comme cela aurait dû être. Fanny éprouvait, malgré elle, qu'elle ne pouvait respecter ses parens comme elle avait cru le faire. Son père négligeait sa famille, avait de mauvaises habitudes et des manièrés encore plus mauvaises. Il ne manquait pas de talens ; mais il n'avait aucune curiosité et aucune instruction au-delà de sa profession. Il ne lisait que la gazette et la liste de la marine. Il ne parlait jamais que du chantier, du port et de Spithead ; il jurait, il buvait, il était mal vêtu et grossier. Il n'avait jamais témoigné à sa fille la moindre tendresse qui rappelât le premier accueil qu'il lui avait fait, et quand il lui adressait la parole, ce n'était que pour la rendre l'objet d'une plaisanterie déplacée.

Fanny s'était encore plus trompée à l'égard de sa mère. Elle avait compté trouver beaucoup d'affection en elle, et cela se réduisait à presque rien. Madame Price n'était pas insensible ; mais Fanny, au lieu de gagner dans son affection, n'en

éprouvait aucune plus grande tendresse que le premier jour de son
arrivée. Son cœur et son temps
étaient déjà remplis ; elle n'avait plus
ni loisir ni attachement à donner à
Fanny : elle aimait vivement ses
fils ; Betsy était la première de ses
filles qui lui eût inspiré quelque
amitié. Elle avait pour elle une indulgence injuste : ses journées s'é-
coulaient dans une sorte de tracas
continuel, toujours affairée sans rien
effectuer, toujours en arrière de sa
besogne, et s'en plaignant sans rien
changer à sa manière d'agir. Madame Price ressemblait beaucoup
plus à lady Bertram qu'à madame
Norris : elle était économe par né-
cessité. Son caractère la portait à
l'indulgence comme lady Bertram ; et
une situation aisée aurait beaucoup

mieux convenu à ses dispositions na_
turelles que les fatigues et le trouble
auxquels son mariage imprudent
l'avait assujétie. Elle aurait pu être
une dame d'importance aussi bien
que lady Bertram ; mais madame
Norris aurait été une plus respectable mère de famille de neuf enfans, avec un modique revenu.
Fanny était forcée de s'avouer que
sa mère était partiale, inconsidérée,
ne reprenant jamais à temps ses enfans, laissant sa maison dans le désordre et dans un vacarme continuel,
ne témoignant à sa fille aucun désir
d'avoir son attachement, ni aucune
inclination pour sa société.

Fanny voulait se rendre utile et
ne pas paraître éloignée, par l'éducation qu'elle avait reçue, de contribuer à diminuer les travaux du

ménage. En se mettant à l'ouvrage
immédiatement, et en travaillant
avec persévérance et diligence, elle
était parvenue à ce que Samuel avait
pu s'embarquer avec plus de la moitié de son trousseau achevé. Samuel
l'avait intéressé; quoique bruyant et
impatient, il était adroit, intelli-
gent, et il commençait, dans le peu
de jours qu'il avait passés auprès
d'elle, à ressentir l'influence de la
douce persuasion de Fanny. Elle
l'avait jugé le meilleur des trois
jeunes garçons. Thomas et Charles,
beaucoup plus jeunes, étaient insen-
sibles au langage de la raison, et
leur sœur désespéra bientôt de les
rendre attentifs à ses avis.

CHAPITRE III.

Fanny ne s'était point trompée en pensant que sa correspondance avec miss Crawford ne serait point animée; mais lorsqu'après un plus long intervalle que le premier, elle reçut une autre lettre d'elle, elle éprouva qu'il s'était fait une autre étrange révolution dans son esprit. Elle fut véritablement satisfaite de recevoir cette lettre quand elle arriva. Dans l'exil où elle se trouvait de la bonne société, il était agréable pour elle de recevoir des nouvelles d'une personne qui appartenait à celle dans laquelle son cœur avait vécu. Le prétexte ordinaire des fêtes qui s'étaient succédées pour miss Crawford, lui

servait d'excuse pour n'avoir pas
écrit plutôt à Fanny; « et mainte-
« nant que j'ai commencé, conti-
« nuait-elle, ma lettre ne sera pas
« digne d'être lue de vous, car il ne
« s'y trouvera aucun mot d'amour à
« la fin; il ne s'y trouvera point trois
« ou quatre lignes passionnées du
« dévoué H. C... Henri est à Norfolk;
« des affaires l'ont appelé à Evering-
« ham depuis dix jours. Peut-être
« est-ce un prétexte pour voyager en
« même temps que vous. Enfin j'ai
« réussi à rencontrer vos cousines,
« la chère Julia et la chère madame
« Rushworth. Nous nous sommes
« vues hier, et cela nous a fait un
« plaisir mutuel. Nous avions bien
« des choses à nous dire ! Je n'entre-
« prendrai point de vous peindre
« l'air que madame Rushworth avait

« quand on a parlé de vous. Je ne
« pense pas qu'elle ne sache point
« garder son sang-froid, mais elle
« n'en avait point assez pour les de-
« mandes d'hier. Julia était celle des
« deux sœurs qui avait l'air plus sa-
« tisfait quand il a été question de
« vous. Elle ne paraissait point faire
« d'efforts pour se remettre après
« que j'eus parlé de Fanny, et que
« j'en eus parlé comme une sœur de-
« vait le faire. Mais le jour de gaîté
« viendra pour madame Rushworth;
« nous avons reçu ses invitations
« pour la première fête qu'elle donne,
« et qui sera le 28. Elle paraîtra alors
« dans tout son éclat; elle occupe
« une des plus belles maisons de la
« rue Wimpole. Henri n'aurait pu
« lui donner une semblable maison.
« J'espère qu'elle se le rappellera et

« qu'elle sera satisfaite de se trouver
« la reine d'un palais magnifique.
« Comme je ne veux point lui faire
« de la peine, je ne prononcerai
« plus votre nom devant elle. Elle
« deviendra sage par degrés; d'après
« tout ce que je vois et ce que j'en-
« tends dire, les attentions de M. Ya-
« tes pour Julia continuent, mais je
« ne sais pas s'il reçoit quelque sé-
« rieux encouragement; elle pourrait
« mieux faire; car si l'on ôte à M.
« Yates son bavardage, il ne lui reste
« plus rien. Votre cousin Edmond
« ne paraît pas; il est peut-être re-
« tenu par des devoirs de paroisse.
« Il y a peut-être à Thornton-Lacey
« quelque vieille femme à convertir.
« Je ne veux pas penser que je sois
« négligée à cause d'une jeune. Adieu,
« ma chère Fanny, écrivez-moi quel-

« ques mots pour réjouir les yeux de
« Henri quand il reviendra, et ren-
« dez-moi compte de tous les jeunes
« capitaines que vous dédaignez à
« cause de lui. »

Cette lettre fournissait à Fanny de
grands motifs de méditation et d'une
nature peu agréable ; cependant,
telle qu'elle était, elle aurait été bien
aise d'en recevoir une pareille toutes
les semaines, parce qu'elle y trouvait
des nouvelles de personnes et de
choses qui n'avaient jamais autant
excité sa curiosité. Sa correspondance avec sa tante Bertram était la
seule chose qui lui parût être d'un
plus haut intérêt.

Quant à la société qu'elle pouvait
trouver à Portsmouth, il n'y avait
rien dans le cercle des connaissances
de son père et de sa mère qui pût

lui donner la moindre satisfaction dans ce genre. Les hommes lui paraissaient grossiers et les femmes mal élevées.

Le premier dédommagement réel que Fanny trouva, fut dans la connaissance plus approfondie de Susanne et dans l'espérance de pouvoir lui être utile. Susanne s'était toujours très-bien conduite avec elle, mais le caractère de décision qui régnait en général dans ses manières avait étonné et allarmé Fanny, et il fallut un espace de quinze jours pour qu'elle pût comprendre un caractère qui était si différent du sien. Susanne voyait qu'il y avait beaucoup à redire sur l'administration du ménage de sa mère, et désirait qu'il fût bien tenu. Il n'était pas étonnant qu'une jeune fille de quatorze ans se trompât dans la méthode de réforme qu'elle voulait faire adopter, et Fanny devint bientôt plus disposée à admirer la justesse naturelle de son esprit, qu'à censurer sa manière d'agir.

L'intimité s'établit entre Fanny et Susanne avec un avantage mutuel. En se tenant dans les chambres supérieures, elles échappaient au tumulte de la maison. Fanny trouvait sa tranquillité, et Susanne apprenait à penser que ce n'était pas un mal que d'être tranquillement occupée. Elles étaient sans feu, mais cette privation était familière à Fanny, et elle en souffrait d'autant moins que cela lui rappelait la chambre de l'Est; c'était le seul point de ressemblance: pour l'espace, la lumière, les meubles, la vue, il n'y avait rien de pareil dans les deux appartemens, et

Fanny soupirait souvent en se rappelant ses livres, ses cartons et tout ce qu'elle avait laissé dans la chambre de l'Est. Par degré, les deux sœurs parvinrent à passer la plus grande partie de la matinée dans l'appartement d'en haut. D'abord le temps se passa à travailler et à converser, mais au bout de quelques jours, le souvenir des livres devint si vif, que Fanny trouva qu'il était impossible de n'en pas avoir de nouveaux. Il n'y en avait aucun dans la maison de son père, mais la richesse rend hardi, et Fanny, au moyen d'une partie de celle qu'elle possédait, eut à sa disposition un magasin de librairie. Susanne n'avait rien lu; Fanny éprouvait le désir de lui faire partager ses premiers plaisirs et de lui inspirer du goût pour la biographie et la poésie, qui faisaient ses délices.

Elle espérait, de plus, dissiper par cette occupation des souvenirs qui n'étaient que trop prompts à s'emparer de sa pensée, quand ses doigts seuls étaient occupés, et s'empêcher sur-tout de suivre en idées Edmond à Londres, où elle savait, d'après la dernière lettre de sa tante, qu'il était allé. Elle n'avait aucun doute sur ce qui devait résulter de ce voyage. La notification qu'elle attendait pouvait arriver à chaque instant; et si la lecture pouvait bannir pendant seulement une heure la crainte où Fanny était de recevoir cette nouvelle, c'était toujours quelque chose de gagné.

CHAPITRE IV.

D'APRÈS les calculs de Fanny, Edmond devait être à Londres depuis une semaine, et cependant elle n'en recevait aucune nouvelle. Elle tirait trois conclusions de ce silence, entre lesquelles son esprit flottait incertain. Son départ avait peut-être été différé, ou bien il n'avait point encore eu l'occasion de voir miss Crawford, ou bien peut-être il était trop heureux pour avoir le temps d'écrire une lettre.

Peu de jours après (il y avait un mois d'écoulé depuis son départ de Mansfield, ce qu'elle ne manquait jamais de calculer chaque jour), elle et Susanne s'apprêtaient à se retirer,

snivant leur usage, dans l'appartement d'en haut, lorsqu'un coup de
marteau annonça une visite. L'empressement de Rebecca à aller ouvrir la porte, fonction qu'elle préfé-
rait à toute autre, les empêcha de
pouvoir l'éviter.

C'était la voix d'un gentleman ;
c'était une voix qui avait déjà ré-
pandu la pâleur sur le visage de
Fanny, lorsque M. Crawford entra
dans la chambre où elle se trouvait.

Le bon sens qu'elle possédait ne
tarda pas à venir à son aide ; elle
présenta M. Crawford à sa mère
comme un protecteur de William,
quoiqu'elle aurait pensé auparavant
qu'elle n'eût pas été capable de pro-
férer une syllabe dans une pareille
situation. L'idée que M. Crawford
se présentait comme l'ami de Wil-

liam, lui donnait un peu de courage ; mais après l'avoir nommé ainsi à sa mère, et après que l'on eût pris des siéges, l'effroi que cette visite lui inspirait se renouvela, et elle se croyait sur le point de s'évanouir.

Pendant qu'elle cherchait à se ranimer, Crawford, qui d'abord s'était avancé vers elle avec un air aussi empressé qu'à aucune époque antérieure, eut l'attention de détourner ses regards pour lui donner le loisir de reprendre ses esprits. Il s'occupait entièrement de madame Price, et lui parlait avec une politesse, une convenance d'expressions, et en même temps un degré d'intérêt qui rendaient ses manières d'être parfaites.

Celles de madame Price étaient également on ne peut plus convenables. Animée par la présence d'un pareil ami de son fils , et par le désir de paraître avantageusement devant lui, ses expressions étaient celles de la reconnaissance maternelle , et elles ne pouvaient que plaire. M. Price était sorti , ce que madame Price regrettait beaucoup ; Fanny avait assez repris ses sens pour sentir qu'elle ne devait pas partager ce regret ; elle ne pouvait se défendre d'un sentiment de confusion, à cause de l'état de la maison où Crawford la trouvait. La présence de son père n'aurait fait qu'augmenter ce pénible sentiment.

On parla de William ; madame Price ne pouvait tarir sur ce sujet, et M. Crawford montrait un intérêt pour son fils aussi vif qu'elle pouvait le désirer. Elle pensait qu'elle n'avait jamais vu de sa vie un homme aussi agréable, et elle s'étonnait qu'il ne fût venu à Portsmouth, ni pour visiter le port amiral, ni pour rendre visite au commissaire, ni même pour voir le chantier. Il était arrivé la nuit précédente pour rester un ou deux jours à Portsmouth, sans avoir aucun de ces projets.

Pendant qu'il donnait ces détails, Fanny avait eu le temps de reprendre courage. Elle put soutenir assez bien les regards de Crawford et apprendre de lui qu'il avait passé une demi-heure avec sa sœur le soir où il avait quitté Londres, et qu'elle l'avait chargé de ses plus tendres complimens pour elle, mais qu'elle n'avait pas eu le temps de lui écrire ; que son cousin Edmond était à Londres, qu'il ne l'avait pas vu, mais qu'il était en très-bonne santé, et qu'il avait dû dîner la veille avec la famille Fraser.

Après avoir parlé de Mansfield et de ses habitans, Crawford commença à proposer à demi une promenade du matin. « La matinée, disait-il, était superbe; et à l'époque de l'année où l'on se trouvait, une belle matinée était si souvent métamorphosée en mauvais temps, qu'il était très-sage de ne pas différer d'en profiter. » Madame Price dit, qu'à l'exception du dimanche, elle ne sortait pas de sa maison, à cause des soins que sa nombreuse famille exigeait; mais elle permit à ses filles de profiter de l'offre de M. Crawford; et dix minutes après, Fanny, toute surprise et honteuse, était dans la grande rue avec M. Crawford, qui donnait aussi le bras à Susanne.

Ce fut bientôt peine sur peine, confusion sur confusion ; au bout de quelques instans, les promeneurs rencontrèrent M. Price, dont la toilette était d'autant moins recherchée, que ce jour-là était un samedi. Il s'arrêta ; et comme il regardait l'étranger qui conduisait ses filles d'un air peu poli, Fanny fut obligée de lui présenter M. Crawford. Elle ne pouvait former de doute sur l'impression que Crawford devait éprouver. Il devait être choqué, il devait renoncer à toute idée de former une pareille alliance ; et quoique Fanny eût vivement souhaité que l'affection de Crawford pour elle cessât, cette sorte de conclusion lui était pénible.

M. Crawford ne pouvait avoir la pensée de prendre son futur beau-père pour modèle dans la manière de se vêtir; mais (ainsi que Fanny le remarqua promptement avec une vive satisfaction) M. Price était un homme très - différent en présence d'un pareil étranger, de ce qu'il était ordinairement chez lui. Ses manières, sans être très - polies, étaient plus que passables; ses expressions étaient celles d'un père reconnaissant, d'un homme sensible. Sa voix forte ne faisait point un mauvais effet en plein air, et aucun jurement ne sortait de sa bouche. C'était un compliment qu'il faisait aux bonnes façons de M. Crawford, et quelque pût être le résultat de cette entrevue, les sentimens que Fanny éprouvait se trouvaient infiniment plus doux.

M. Price offrit à M. Crawford de le conduire dans le chantier, ce que le dernier accepta dans l'espoir d'être

plus long-temps avec Fanny et de
pouvoir lui parler. Un ami de M.
Price l'étant venu trouver dans le
chantier pour lui montrer quelque
chose , Crawford resta seul avec
Fanny et Susanne; mais une jeune
fille de l'âge de Susanne était un au-
diteur bien différent de lady Bertram. Susanne était tout yeux, tout
oreilles; il n'y avait pas moyen de
parler de l'objet principal devant
elle. Crawford fut obligé de se borner à être généralement agréable
dans la conversation, et à y faire
participer Susanne, en adressant de
temps en temps un coup-d'œil signi-
ficatif à Fanny, mieux instruite de
ce dont il parlait. Son voyage à Norfolk, et quelques détails sur ce qui
l'y avait appelé, furent le principal
aliment de la conversation. Il avait

eu , disait-il , l'occasion de faire plus de bien dans ses terres qu'il ne l'avait pensé ; et il avait éprouvé qu'en remplissant un devoir, il s'était préparé d'agréables souvenirs. Il avait visité plusieurs de ses fermiers qu'il n'avait jamais vus ; il avait fait connaissance avec des chaumières dont il avait ignoré jusque-là l'existence , quoiqu'elles fussent placées sur son propre domaine. Cela était dit et bien dit pour Fanny. Elle se plaisait à entendre Crawford parler d'une manière si convenable. Il avait agi comme il devait le faire en se montrant l'ami du pauvre ; rien ne pouvait être plus agréable pour Fanny, et elle était sur le point de lui adresser un regard d'approbation , quand elle fut effrayée en lui entendant ajouter quelque chose de trop pro-

noncé sur son espérance d'avoir un
aide, une amie, un guide dans tous
ses plans de bienfaisance pour sa
terre d'Everingham ; d'avoir auprès
de lui quelqu'un qui lui rendrait la
terre d'Everingham plus chère qu'elle
ne lui avait jamais été.

Fanny détourna la conversation.
Elle aurait voulu qu'il n'eût point
dit ces dernières paroles. Elle était
disposée à reconnaître qu'il pouvait
avoir plus de bonnes qualités qu'elle
ne lui en avait supposées. Elle commençait à croire possible qu'il finît
par tourner à bien. Mais néanmoins
il ne lui convenait pas, et il aurait
dû, suivant elle, ne point lui adresser ses vœux.

Crawford s'aperçut qu'il avait assez parlé d'Everingham et il dirigea
la conversation sur Mansfield. Il ne

pouvait choisir un meilleur sujet ;
c'était le moyen d'attirer à l'instant
l'attention et les regards de Fanny.
Elle goûtait un véritable plaisir à
entendre parler de Mansfield, ou à
en parler elle-même.

Lorsque M. Price revint avec son
ami, M. Crawford profita d'une mi-
nute où il n'était point observé, pour
dire à Fanny que la seule cause de
son voyage à Portsmouth était l'espérance de la voir ; qu'il n'y était venu
pour une couple de jours qu'à cause
d'elle seule, et parce qu'il n'avait pu
supporter plus long-temps d'être entièrement séparé d'elle. Fanny fut
mécontente, très-mécontente ; et cependant, malgré cette déclaration et
deux ou trois autres choses semblables, qu'elle aurait désiré que M.
Crawford n'eût point dit, elle le trou-

vait tout à fait changé à son avantage depuis son départ de Mansfield.
Il était beaucoup plus doux, plus
obligeant, plus attentif pour les sentimens des autres personnes, qu'il ne
l'avait jamais été à Mansfield. Elle
ne l'avait jamais vu si agréable, si
près de lui être agréable. Sa conduite envers le père de Fanny était
on ne peut plus convenable, et il y
avait quelque chose d'une bonté par-
ticulière dans les attentions qu'il avait
pour Susanne. Il s'était décidément
amélioré.

Avant qu'ils se séparassent, Fanny
eut un autre sujet de lui savoir bon
gré de sa conduite. M. Price pria
M. Crawford de lui faire l'honneur
d'accepter son dîner, et Fanny tressaillit d'épouvante; mais M. Crawford répondit qu'il avait des engage-

mens pour ce jour-là et le jour suivant ; que cependant il aurait l'honneur de rendre ses devoirs à madame Price le lendemain. On se sépara, et Fanny éprouva un sentiment de félicité d'être échappée à l'horrible désagrément qu'elle avait redouté pendant un instant.

Elle avait été effrayée de l'idée de voir M. Crawford assister à leur dîner de famille sans pouvoir éviter de remarquer ce qui leur manquait, de voir les plus jeunes enfans mettant tout en désordre, et de se convaincre du peu de talent de la servante Rebecca. Fanny avait une délicatesse naturelle, et, de plus, elle avait été élevée à l'école du luxe et de l'épicurisme.

CHAPITRE V.

La famille Price allait partir le lendemain pour se rendre à l'église, lorsque M. Crawford parut de nouveau ; il venait, non pour l'empêcher d'exécuter ce projet, mais pour s'y joindre. On l'invita à venir à la chapelle de la garnison, ce qui était précisément l'intention qu'il avait eue. Ils se mirent alors tous en marche ensemble.

La famille paraissait en ce moment avec un aspect qui lui était favorable. Elle tenait de la nature une beauté non médiocre, et le dimanche elle paraissait dans tous ses atours. Fanny avait toujours du plaisir à voir sa famille dans cet état le dimanche, et cette fois ce plaisir était augmenté; sa pauvre mère ne paraissait point trop indigne de la sœur de lady Bertram, comme les autres jours. Le cœur de Fanny était souvent affligé en remarquant le contraste qui existait entre les deux sœurs, et en voyant que les circonstances avaient mis tant de différence entre elles, tandis que la nature en avait mis si peu; mais le dimanche, madame Price, qui était aussi belle que lady Bertram, et qui avait quelques années de moins, avait un très-bon air. Entourée de ses enfans, elle se reposait des fatigues et des soins de la semaine écoulée.

M. Crawford fit en sorte de ne point être séparé de la famille à la chapelle, et, après les prières, il l'accompagna sur les remparts. Il se

chargea particulièrement des demoi-
selles Price, et il en tenait une sous
chaque bras avant que Fanny eût pu
remarquer comment cela s'était fait.
La journée était extrêmement belle ;
quoique l'on fût encore au mois de
mars, l'on jouissait de l'air doux d'a-
vril et d'un soleil brillant, couvert
seulement pendant peu d'instans par
quelques légers nuages. Tous les objets prenaient un aspect si beau par
l'effet de ce ciel pur, les vaisseaux
de Spithead, les îles qui sont derrière, et les vagues de la mer qui se
brisaient et rejaillissaient contre les
remparts avec un bruit majestueux,
formaient une combinaison de charmes si agréables pour Fanny, qu'elle
oubliait que son bras reposait sur
celui de M. Crawford.

Il était aussi sensible qu'elle à la

beauté du jour et à celle de la vue
que l'on avait de dessus les remparts.
Le même sentiment, le même goût
les tenait souvent quelques minutes
dans l'admiration, appuyés sur les
crénaux ; et, en remarquant que M.
Crawford n'était pas Edmond, Fanny était obligée de s'avouer à elle-
même qu'il n'était point indifférent
aux charmes de la nature, et qu'il savait très-bien exprimer l'admiration
qu'ils lui causaient. Elle se laissait
aller de temps en temps à une tendre
rêverie dont M. Crawford profitait
pour contempler son visage. Le résultat de ses regards, fut qu'il crut
remarquer que, quoique sa figure
fût aussi enchanteresse que jamais,
elle avait cependant un peu moins
de fraîcheur. Quoique Fanny l'assu-
rât qu'elle se trouvait très-bien, il fut

persuadé que son séjour actuel ne lui était pas agréable, et il la pressa de prendre la résolution de retourner à Mansfield.

« Voilà un mois que vous êtes ici, » lui dit-il.

« Non, non pas tout à fait un mois ; il n'y aura que quatre semaines demain que j'ai quitté Mansfield. »

« Vous êtes bien exacte dans vos calculs. J'appellerais cela un mois. »

« Je ne suis arrivée ici qu'un mardi au soir. »

« Et ne comptez-vous pas faire une visite de deux mois ? »

« Oui, mon oncle a parlé de deux mois ; j'espère que cela ne sera pas moins. »

« Et comment devez-vous retourner à Mansfield ?

« Je ne sais pas. Je n'ai rien entendu dire sur ce sujet à ma tante.
Peut - être dois - je rester ici plus
long-temps. Il ne me conviendrait
pas de vouloir partir au terme exact
de deux mois. »

M. Crawford, après un moment
de réflexion, dit : « Je sais de quelle
manière on agit envers vous à Mansfield ; je sais que vous pouvez être
laissée d'une semaine à l'autre, si
votre oncle sir Thomas ne peut venir
lui-même, ou vous envoyer la femme de chambre de votre tante, sans
déranger les arrangemens faits pour
les trois mois suivans. Mais cela ne
doit pas être. Deux mois sont une
absence suffisante ; six semaines même seraient assez. Je considère l'é-
tat de la santé de votre sœur, dit-il
en s'adressant à Susanne ; je crois

que le séjour de Portsmouth lui est défavorable ; il lui faut de l'exercice et l'air des champs. Et s'adressant de nouveau à Fanny : Si donc vous vous trouviez moins bien que de coutume, veuillez l'indiquer à ma sœur, et aussitôt, elle et moi nous viendrons pour vous ramener à Mansfield. Vous savez quel plaisir cela nous fera ? »

Fanny le remercia ; mais elle essaya de prendre la chose en riant.

« Je parle très-sérieusement, répliqua-t-il, comme vous le savez bien, et j'espère que vous ne dissimulerez pas la moindre disposition à être incommodée. A la vérité, vous ne le ferez pas aussi long-temps que vous écrirez à Marie, car je sais que vous ne pouvez écrire une chose qui ne soit pas vraie. »

Fanny le remercia de nouveau, mais son embarras avait augmenté au point de l'empêcher de savoir ce qu'elle devait répondre. Leur promenade se trouvait heureusement à sa fin. M. Crawford l'accompagna jusqu'à la porte de sa maison, et, sachant que la famille Price allait dîner, il annonça être attendu ailleurs.

« Je désirerais que votre santé fût meilleure, dit-il à Fanny, en la retenant après que les autres personnes de la maison furent rentrées. Ne puis-je donc faire quelque chose qui vous soit agréable à Londres? J'ai le projet de retourner bientôt à Norfolk. Je ne suis pas content de Maddison. C'est un homme entendu que je ne voudrais pas déplacer, pourvu qu'il ne cherche pas à me déplacer moi-même. Ce serait plus que de la simplicité que d'être dupé par un homme qui n'a aucun droit de me faire sa dupe. N'est-il pas vrai ? Dois-je y aller ? me le conseillez-vous ?

« Moi ! vous donner un conseil ! vous savez très - bien ce qui est juste. »

« Oui, quand vous me donnez votre opinion, je sais toujours ce qui est juste. Votre jugement est ma règle à cet égard. »

« Oh non ! ne dites point cela. Nous avons tous en nous un meilleur juge, qui, si nous le consultons, nous conseille mieux que tout autre. Adieu ! je vous souhaite un bon voyage demain. »

« N'avez-vous aucun message à me donner ? »

« Mes amitiés à votre sœur, s'il vous plaît; et si vous voyez mon cousin Edmond..... je vous prie de lui dire que, que... je présume que j'aurai bientôt de ses nouvelles. »

« Certainement; et s'il est paresseux ou négligent, j'écrirai ses excuses moi-même. »

Il ne put en dire davantage, Fanny étant obligée de ne pas rester plus long-temps. Il pressa sa main, la regarda, et partit. Il s'éloigna pour aller passer trois heures du mieux possible, avec un ami, jusqu'à ce que le dîner le plus délicat qu'une hôtellerie de premier rang pût fournir, leur fût servi; et Fanny se mit immédiatement à la table modeste qui l'attendait.

Leur sort avait un caractère très-différent, et si Crawford eût soup-

çonné combien miss Price éprouvait
de privations, outre celle de l'exercice, dans la maison paternelle, il
se serait étonné que sa physionomie
n'en fût pas plus altérée. Le peu de
soin que l'on observait pour la table
de sa mère, l'obligeait souvent de
renoncer aux mets qui étaient le
plus de son goût, et à se borner à
manger quelques biscuits qu'elle en-
voyait chercher dans la soirée par
ses frères. Après avoir passé son
jeune âge dans les petits soins de
Mansfield, il était trop tard pour
qu'elle pût s'accoutumer aux ru-
desses de Portsmouth; et, quoique
sir Thomas, s'il eût tout connu, eût
pu penser que sa nièce, exposée à
languir de corps et d'esprit, était
dans une position qui devait lui faire
apprécier les avantages que M. Craw-

ford lui offrait , il aurait cependant craint de pousser cette expérience plus loin, de peur que Fanny ne perdît la vie au milieu de sa guérison.

Fanny fut abattue tout le reste du jour. Quoique assurée de ne pas revoir M. Crawford, elle ne pouvait s'empêcher d'éprouver de la tristesse. Il s'était séparé d'elle avec quelque chose qui ressemblait à de l'amitié. Il semblait à Fanny qu'elle venait d'être abandonnée de tout le monde ; et , en pensant que M. Crawford allait se trouver fréquemment avec Marie et Edmond , elle éprouvait, en dépit d'elle-même, une sorte d'envie qu'elle se reprochait.

Les scènes qui l'entouraient n'étaient pas propres à relever son courage. Depuis six heures du soir jusqu'à dix heures , une réunion d'amis de M. Price fit retentir la maison de bruyans éclats, excités par les vapeurs du punch. L'amélioration que Fanny avait cru remarquer dans M. Crawford , était ce qui lui offrait le plus d'agrément dans ses réflexio ns Ne pensant pas à l'effet du contraste, elle était persuadée qu'il était devenu beaucoup plus doux et plus attentif pour les autres que précédemment. Il était si inquiet pour sa santé, il paraissait prendre tant d'intérêt à son bonheur, qu'elle croyait pouvoir supposer qu'il se désisterait de vouloir l'épouser, puisque cette union ne lui offrait que de l'affliction.

CHAPITRE VI.

On présuma le lendemain que M. Crawford était reparti pour Londres ; aucune nouvelle de lui ne parvint chez M. Price, et deux jours après la chose fut certifiée par une lettre que Fanny reçut de miss Crawford, et qu'elle ouvrit et lut avec un sentiment d'anxiété pour une autre cause. Elle était ainsi conçue :

« Je vous écris, ma chère Fanny, que Henri a été à Portsmouth pour vous voir, qu'il a fait une agréable promenade avec vous samedi, et une plus délicieuse encore le lendemain, sur les remparts, où l'air parfumé, la mer brillante et vos doux regards, ainsi que votre conversation , étaient dans la plus douce harmonie, et excitaient des sensations dont le souvenir même fait éprouver une sorte d'extase. Voilà ce que je suis chargée de vous dire, à ce que je crois. Henri me fait écrire; mais je crois n'avoir à vous rappeler que cette visite à Portsmouth , ses deux promenades, et sa présentation à votre famille , et sur-tout à une de vos sœurs, une jolie personne de quinze ans, qui, dans la promenade du rempart, recevait probablement sa première leçon d'amour. Je n'ai point le temps de vous écrire; ceci n'est qu'une lettre d'affaires tracée pour vous transmettre ce dont je viens de vous parler. Je me serais exposée à la colère d'Henri, si j'avais tardé à le faire. O ma chère Fanny! que n'êtes-vous ici! j'aurais mille choses à vous dire : vous m'écouteriez, et vous me donneriez vos avis. Mais je ne puis mettre sur le papier la centième partie de ce que je voudrais vous dire. Je m'abstiens donc de toute confidence, et vous laisse deviner ce que vous voudrez. Je n'ai point de nouvelles à vous donner. Il serait fastidieux de vous parler des gens et des parties de plaisir qui m'enlèvent mon temps. J'aurais dû vous parler de la première soirée que votre cousine a donnée, mais j'étais fatiguée alors, et aujourd'hui il y a trop long-temps que cela a eu lieu. Je me bornerai à vous dire que la toilette et la figure de votre cousine ont obtenu les plus grands applaudissemens. Madame Fraser, mon amie, est enchantée de sa maison, et je m'en accommoderais aussi. Je vais après Pâques chez lady Stornaway : elle paraît fort gaie et très-heureuse. J'imagine que lord Stornaway est de bonne humeur dans sa famille. Que vous dirai-je de votre cousin Edmond? Si je l'avais passé entièrement sous silence, cela l'aurait rendu suspect. Je vous dirai donc que nous l'avons vu deux ou trois fois, et que mes amis sont frappés de ses manières distinguées. Madame Fraser, qui est un bon juge, déclare qu'elle ne connaît dans Londres que trois hommes qui aient aussi bon air; et je dois avouer que l'autre jour, lorsqu'il dîna ici, il n'y avait personne qui pût lui être comparé, quoique la réunion fût assez nombreuse. Heureusement, je n'ai aucune mode nouvelle à vous annoncer.

« Votre affectionnée. »

« J'oubliais (c'est la faute d'Edmond, qui occupe trop ma tête pour ma tranquillité), j'oubliais une chose très-importante que j'ai à vous dire de la part d'Henri et de la mienne, c'est que nous irons vous prendre pour vous ramener dans le comté de Northampton. Ma chère petite, ne restez point à Portsmouth à perdre vos doux regards. Les vents de mer sont la ruine de la beauté et de la santé. Je suis à vos ordres ainsi que Henri, une heure après les avoir reçus. J'aimerais assez que nous fissions un petit circuit, et vous montrer Everingham, chemin faisant. Peut-être ne seriez-vous pas fâchée de passer par Londres; mais éloignez seulement votre cousin Edmond à ce moment : je n'aimerais pas être tentée. Quelle longue let-

tre!..... Encore un mot. Henri a
quelque idée d'aller à Norfolk pour
certaines affaires que vous approu-
vez ; mais on ne peut lui permettre de
s'absenter avant le milieu de la semaine prochaine, car, le 14, nous
avons une soirée. Vous n'avez pas
une idée du prix d'un homme tel
que Henri dans une pareille circonstance, il est inestimable. Il verra
les Rushworth, ce dont j'avoue
n'être pas fâchée... ayant un peu de
curiosité..; et je crois qu'il en a aussi,
quoiqu'il ne veuille pas en con-
venir. »

Cette lettre, qui fut ouverte par
Fanny avec empressement, fut lue
et relue, lui fit faire beaucoup de
réflexions, et la laissa dans la même
perplexité qu'auparavant. La seule
certitude qu'elle y trouva, fut que

rien de décisif n'avait encore eu lieu.
Edmond n'avait pas encore parlé.
Quant aux sentimens réels de miss
Crawford, et à ses projets, c'était
sur quoi Fanny pouvait réfléchir
sans arriver à aucune conclusion.
L'idée qui lui paraissait la plus vraisemblable, était que miss Crawford,
après avoir perdu un peu de la viva-
cité de son attachement pour Edmond, par l'effet de son séjour à
Londres, se trouvait cependant
l'aimer encore trop pour y renoncer. Elle essaierait de paraître plus
ambitieuse que son cœur ne l'était
réellement; elle hésiterait, elle ferait des conditions, demanderait
beaucoup, et finirait par accepter.
Telle était l'attente de Fanny. La
perspective qu'elle apercevait pour
son cousin, dans cette union, de-

venait toujours moins riante. La
femme qui, en parlant de lui, ne
parlait que de son extérieur, et qui,
après l'avoir fréquenté pendant six
mois, avait besoin du commentaire
de madame Fraser, lui paraissait
indigne de son attachement. Ce
que miss Crawford disait dans sa
lettre, de M. Crawford et d'elle-
même, la touchait fort peu. Que M.
Crawford allât à Norfolk avant ou
après le 14, cela lui était fort indifférent; quoique tout considéré,
elle eût mieux aimé qu'il y fût allé
tout de suite. La réunion que miss
Crawford voulait opérer entre lui et
madame Rushworth, paraissait à
Fanny blesser toute délicatesse.
Mais elle espérait qu'il ne partage-
rait pas une aussi coupable curiosité. Il se refusait à avouer de pareils

sentimens, et sa sœur aurait dû ne pas les lui prêter.

Après avoir reçu cette lettre, Fanny en attendit une autre avec encore plus d'impatience, et pendant quelques jours, elle fut si troublée par l'idée de ce qui était arrivé et de ce qui pouvait arriver, que ses lectures ordinaires et ses entretiens avec Susanne furent très-négligés. Elle ne pouvait être maîtresse de son imagination comme elle l'aurait voulu. Si M. Crawford avait fait sa commission à son cousin, il était vraisemblable qu'Edmond lui écrirait. Cela était d'accord avec sa bonté ordinaire. Elle ne pouvait se délivrer de cette idée, et ce ne fut qu'après plusieurs jours passés dans une attente inutile, qu'elle put reprendre un peu de tranquillité. Le temps fit de l'effet sur son esprit, ses propres efforts en firent de même, et elle reprit ses attentions pour Susanne, et ses occupations avec elle.

Susanne ressentait pour elle un vif attachement, et, sans avoir un goût prématuré pour les livres, pour la vie sédentaire ou pour l'instruction, à cause de l'instruction elle-même, comme l'avait été celui de Fanny, elle avait un désir si vif de ne pas paraître ignorante, que cela la rendait une écolière très-attentive et très-reconnaissante. Fanny était son oracle. Les explications, les commentaires qu'elle lui faisait, étaient une addition importante à tout essai ou tout autre chapitre d'histoire. Ce que Fanny lui disait de ses jeunes années, se gravait dans son esprit plus facilement que les

pages de Goldsmith. Aucun sujet de
conversation ne revenait plus souvent que le parc de Mansfield, la
description des personnes qui l'ha-
bitaient, les amusemens, les usages,
les habitudes qui y avaient lieu. Susanne, qui avait un goût inné pour
l'aisance et une situation agréable,
écoutait avidement, et Fanny ne se
lassait point de parler d'objets qui
l'intéressaient vivement. Elle croyait
bien agir, quoiqu'au bout de quelque temps, l'admiration que Susanne témoignait pour tout ce qui
se disait ou se faisait dans la maison
de son oncle dans le comté de Northampton, parût presque être une
censure de ce que Fanny excitait en
elle des sentimens qu'elle ne pouvait satisfaire.

La pauvre Susanne était aussi peu

disposée à se plaire à Portsmouth que sa sœur aînée. Fanny commença à sentir qu'en laissant Susanne derrière elle, pour perdre toutes les dispositions qu'elle avait à devenir une personne distinguée, elle-même perdrait une partie de son bonheur. Si elle avait eu la possibilité de l'inviter à venir demeurer avec elle, quel agrément! Et si elle avait pu répondre à l'attachement de monsieur Crawford, une des plus grandes consolations de Fanny eût été de le voir approuver une pareille mesure. Elle le croyait véritablement obligeant, et elle ne pouvait que présumer qu'il approuverait très-volontiers un pareil plan.

~~~~~~

CHAPITRE VII.

Sept semaines s'étaient écoulées depuis l'arrivée de Fanny à Portsmouth, lorsqu'une autre lettre, celle d'Edmond, si long-temps attendue, parvint à Fanny. Quand, après l'avoir ouverte, elle aperçut son étendue, elle se prépara à lire un détail minutieux de félicité et une foule de louanges pour l'heureuse créature qui se trouvait en ce moment maîtresse de son sort. Elle était ainsi conçue :

Parc de Mansfield.

« Ma chère Fanny,

« Pardonnez-moi de ne vous avoir pas écrit plus tôt. Crawford m'a dit

que vous désiriez recevoir de mes
nouvelles; mais il m'a été impossible
de vous écrire de Londres, et je me
suis persuadé que vous entendriez
mon silence. Si j'avais pu vous envoyer quelques lignes de bonheur,
je vous en aurais adressées fréquemment; mais il ne m'est rien arrivé de
ce genre. Je suis revenu à Mansfield
encore plus incertain que lorsque
j'en étais sorti. Mes espérances sont
beaucoup plus faibles; vous vous en
doutez sans doute déjà. Miss Crawford a tant d'affection pour vous,
qu'il est très - naturel qu'elle vous
laisse assez entrevoir ses sentimens
pour vous faire juger de ce qu'elle
éprouve. Cela ne doit pas m'empêcher toutefois de vous faire mes con-
fidences; il y a quelque chose d'at-
trayant dans l'idée que nous avons

la même amie, et que, quelques différences qu'il y ait malheureusement dans nos opinions, nous nous réunissons pour vous aimer. Ce sera un soulagement pour moi de vous dire dans quelle position je me trouve, et quels sont mes plans actuels, si toutefois je puis dire avoir quelque plan. Je suis revenu ici samedi. J'ai passé trois semaines à Londres, et j'ai vu miss Crawford très-souvent, pour Londres. J'ai eu pour les dames Fraser toutes les attentions que l'on pouvait attendre raisonnablement de moi. Je dois dire que je n'étais pas sensé, en m'attendant à avoir avec miss Crawford une communication aussi fréquente qu'à Mansfield. Toutefois sa manière d'être avec moi m'importait encore plus que la possibilité de la voir souvent. Si elle avait été la même lorsque je l'ai revue, je ne ferais aucune plainte; mais dès la première fois que je lui ai rendu visite, je l'ai trouvée changée à mon égard. Ma réception fut si différente de ce que j'avais espéré, que je fus sur le point de quitter Londres à l'instant. Je n'ai pas besoin d'entrer dans des détails. Vous connaissez le côté faible de son caractère, et vous imaginez quels ont été les sentimens ainsi que les expressions qui m'ont affligé. Je la trouvai très-gaie, et entourée des personnes qui applaudissent à la mauvaise direction de son esprit trop vif. Je n'aime point madame Fraser. C'est une femme vaine, dont le cœur est froid, et qui s'est mariée entièrement par convenance. Quoiqu'elle soit évidemment malheureuse dans son mariage, elle n'attribue point ce résultat à son défaut de jugement et de sensibilité, mais à ce qu'elle se trouve moins opulente que plusieurs de ses connaissances, et sur-tout que sa sœur lady Storna-way. De là vient qu'elle approuve tout ce qui est mercenaire et ambi-tieux. Je regarde la liaison de miss Crawford avec ces deux sœurs comme le plus grand malheur pour elle et pour moi. Elles l'ont égarée pendant plusieurs années : puisse-t-elle s'en détacher ! Quelquefois, je l'espère, car il me semble que l'affection n'est que de leur côté. Elles l'aiment beau-coup. Je suis certain qu'elle a pour vous bien plus d'attachement, et quand je réfléchis à sa vive affection pour vous, ainsi qu'à sa conduite à votre égard comme sœur, je la trouve si noble, si judicieuse, que je suis

prêt à me blâmer moi-même de ce
que j'interprète trop sévèrement ses
manières enjouées. Fanny, je ne puis
m'en détacher. C'est la seule femme
dans le monde dont je désire faire
mon épouse. Si je ne pensais pas
qu'elle a quelque attachement pour
moi, je ne parlerais pas ainsi. Je suis
convaincu que je jouis auprès d'elle
d'une préférence décidée. Je ne suis
jaloux d'aucun individu; je ne le
suis que de l'influence de la mode et
du grand ton. C'est l'habitude de l'o-
pulence que je crains. Ses idées ne
vont pas au-delà de celles que sa
propre fortune peut autoriser; mais
elles surpassent cependant ce que
nos revenus réunis nous permet-
traient d'entreprendre. J'aimerais
mieux toutefois être obligé d'y renoncer, parce que je ne suis pas as-

sez riche, que parce que je suis dans la carrière du clergé. Cela prouverait seulement que son attachement ne serait pas proportionné aux sacrifices que, dans le fait, je n'ai aucun droit d'exiger d'elle ; et si je suis refusé, je pense que c'en sera l'honnête motif. Je vous peins mes sentimens, Fanny, tels que je les éprouve ; c'est un plaisir pour moi de vous dire tout ce que je ressens. Je ne puis me détacher d'elle. Renoncer à Marie Crawford, ce serait renoncer à la société des êtres que je chéris le plus au monde. Je dois considérer qu'en perdant Marie, je perdrais Fanny et Crawford. Si c'est une chose décidée, un refus positif, j'espère que j'aurai la force de le supporter et de chercher à affaiblir ce coup que recevra mon cœur... et dans le cours

de quelques années... Mais j'écris
des folies. Si je suis refusé, il faudra
bien que je m'y soumette, et jusqu'à
ce que je le sois, je ne puis cesser
d'essayer de lui plaire et de lui demander sa main. Mais comment?
Voilà maintenant la question? Quels
sont les meilleurs moyens à employer? Je me résous quelquefois à
ne rien tenter jusqu'à ce qu'elle soit
de retour à Mansfield. Même en ce
moment, elle parle avec plaisir d'ê-
tre à Mansfield au mois de juin; mais
cette époque est encore éloignée, et
je crois que je me déciderai à lui
écrire. Tout considéré, je crois qu'une
lettre sera le meilleur moyen d'explication à employer. Je m'explique-
rai mieux par écrit que de vive voix;
je lui donnerai le temps de réfléchir
avant de me répondre, et je crains

moins le résultat de la réflexion que celui d'une première impulsion. Mon plus grand danger serait qu'elle consultât madame Fraser. Une lettre expose à tout le péril de la consultation, et un conseiller mal intentionné peut influencer défavorablement un esprit indécis... Il faudra que je réfléchisse encore là-dessus. Cette longue lettre, remplie seulement de ce qui me concerne, doit fatiguer jusqu'à l'amitié d'une Fanny. La dernière fois que j'ai vu Crawford, c'était à une soirée donnée par madame Fraser. Je suis toujours plus satisfait de lui. Il n'y a pas une ombre de changement. Je n'ai pu le voir dans le même salon avec ma sœur aînée, sans me rappeler ce que vous m'avez dit une fois ; et j'ai reconnu qu'ils ne se rencontraient pas comme des amis. Il y avait une froideur marquée du côté de ma sœur. Ils se sont à peine adressé quelques mots. Crawford m'a paru en être surpris ; et je suis fâché que madame Rushworth ait conservé quelque souvenir d'une offense supposée faite à miss Bertram. Vous désirez sans doute connaître mon opinion sur le sort de ma sœur Maria. Il ne paraît pas être malheureux. Je crois que les deux époux sont assez bien ensemble. J'ai dîné deux fois chez eux, et j'y aurais été plus souvent ; mais il est mortifiant d'être avec Rushworth comme un frère. Julia paraît se plaire infiniment à Londres. Je n'y goûtais pas grand plaisir, mais j'en ai encore moins ici. Nous nous apercevons beaucoup de votre absence, et pour moi, je la regrette plus que je

ne puis vous l'exprimer. Ma mère
vous fait mille caresses ; et attend de
vos nouvelles ; elle parle de vous à
chaque instant. Mon père a l'intention d'aller vous chercher lui-même ;
mais ce ne sera qu'après Pâques,
époque à laquelle il doit aller à Londres. J'imagine que vous êtes heureuse à Portsmouth ; cependant ce
ne doit pas être une visite d'une année. Il me tarde bien que vous soyez
ici pour que vous me donniez votre
opinion sur Thornton-Lacey. J'ai
peu d'inclination à y faire des em-
bellissemens jusqu'à ce que je sache
si cette maison aura une maîtresse.
Je crois que j'écrirai décidément. Il
est arrêté que M. et Mme Grant vont
à Bath. Ils quittent Mansfield lundi.
J'en suis bien aise. Je ne suis point
de bonne compagnie en ce moment.

Ma mère est fâchée de ce qu'une autre plume que la sienne vous donne des nouvelles de Mansfield.

« Je suis votre affectionné, ma très-chère Fanny. »

« Je me garderai bien de désirer une autre lettre de ce genre, se dit Fanny en finissant. Je n'y trouve que du désagrément. Rester ici jusqu'à Pâques ! comment supporter cela ? et ma pauvre tante qui parle de moi à chaque instant ! » Elle était presqu'en colère contre Edmond. « Il est aveuglé, se disait-elle, rien ne peut lui démontrer son erreur. Il épousera miss Crawford, et sera malheureux.... La seule femme dans le monde qu'il puisse désirer avoir pour épouse !.... Je le crois ; c'est un attachement qu'il conservera toute sa vie. Accepté ou refusé, son cœur lui est donné pour toujours.... Je dois considérer qu'en perdant Marie, je perdrais Fanny et Crawford !... Edmond, vous ne me connaissez pas. Les deux familles ne seraient jamais liées si vous ne les unissiez pas. Oh ! écrivez à miss Crawford ! écrivez ! écrivez ! finissez tout promptement. Fixez, déterminez vous-même votre malheureux sort. »

Ces sentimens toutefois ressemblaient trop à du courroux pour être long - temps ceux de Fanny. Elle s'adoucit bientôt. Les tendres expressions qu'Edmond lui adressait, ainsi que la confiance qu'il lui témoignait, la touchèrent vivement. Enfin elle finit par trouver qu'elle ne pouvait attacher trop de prix à la lettre qu'elle en avait reçue.

La nouvelle du départ de M. et Mme Grant pour Bath, qu'Edmond avait donnée à Fanny, avait ôté à lady Bertram le sujet d'une lettre à sa nièce ; elle ne pouvait se résoudre à prendre la plume sans avoir quelque chose à annoncer ; mais de grands dédommagemens l'attendaient ; et peu de jours après la réception de la lettre d'Edmond, Fanny en reçut une de sa tante, qui commençait ainsi :

« Ma chère Fanny,

« Je prends la plume pour vous communiquer une nouvelle très-alarmante, et qui, j'en suis sûre, vous intéressera vivement. »

Cette nouvelle n'était rien moins que la maladie sérieuse de son fils aîné, qu'elle venait d'apprendre par un exprès il y avait peu d'heures.

« Thomas, le fils aîné de sir Bertram, était parti de Londres avec une troupe de jeunes gens pour Newmarket. Une chute négligée et de l'intempérance lui avaient occasionné de la fièvre. Il n'avait pu suivre ses amis, et était resté dans la maison de l'un d'eux, laissé aux soins des domestiques. Sa maladie avait augmenté, et il avait cru devoir en faire part à Mansfield.

« Cette nouvelle fâcheuse, ajoutait lady Bertram après en avoir donné le détail, nous a tous vivement agités. Edmond s'est proposé pour aller immédiatement auprès de son frère. Sir Thomas ne me quittera pas dans cette triste circonstance. Nous nous apercevrons beaucoup de l'absence d'Edmond dans notre petit cercle ; mais j'espère qu'il trouvera le pauvre invalide dans un meilleur état que nous ne le craignons, et qu'il le ramènera à Mansfield : c'est le parti que sir Thomas juge devoir être adopté. Comme je connais votre attachement pour nous, je vous écrirai bientôt à ce sujet. »

Les sentimens de Fanny, en cette occasion, furent beaucoup plus vifs que le style de sa tante. Thomas, dangereusement malade, Edmond, parti pour aller le soulager, et le triste cercle restant à Mansfield, étaient des sujets d'inquiétude qui absorbaient tout autre souci dans le cœur de Fanny. Elle s'accusait de mêler à ses pensées la curiosité de savoir si Edmond avait écrit à miss Crawford avant cet évènement; mais c'était une curiosité dans laquelle il n'entrait qu'une affection pure et désintéressée. Sa tante eut soin de lui écrire et de lui transmettre les nouvelles qu'elle recevait par Edmond. Les souffrances que lady Bertram ne voyait pas, avaient peu de pouvoir sur son imagination ; et ses lettres témoignaient peu d'inquiétude, jusqu'à ce que Thomas fût transporté à Mansfield, et qu'elle eût vu de ses propres yeux le changement qui s'était fait dans ses traits. Une lettre qu'elle avait préparée pour Fanny, fut alors terminée dans un style différent, avec le langage d'un sentiment réel. Alors elle écrivit comme elle aurait parlé.

« Il vient d'arriver, ma chère Fanny, on vient de lui faire monter l'escalier ; et je suis si effrayée de l'avoir vu, que je ne sais plus ce que

je fais. Je suis sûre qu'il a été très-
mal. Pauvre Thomas! je suis tout à
fait inquiète à cause de lui; je crains,
et sir Thomas a des inquiétudes
aussi. Combien je désirerais que vous
fussiez ici. Sir Thomas espère cependant qu'il sera mieux demain, et dit
que nous devons prendre en consi-
dération la fatigue du voyage. »

La sollicitude réelle qu'éprouvait
lady Bertram, ne se termina pas
promptement. Thomas, dans son impatience de venir chercher à Mansfield les soins de la famille dont il
avait fait peu de cas lorsqu'il était
en bonne santé, s'était mis en route
trop tôt. La fièvre revint, et pendant
une semaine il fut dans un état alarmant. Toute la famille fut sérieusement effrayée. Lady Bertram écri-
vait chaque jour ses terreurs à sa

nièce, qui ne vivait plus que dans
l'attente de la lettre qui suivrait celle
qu'elle recevait.

Susanne était la seule compagne
qu'elle eût dans son affliction. Susanne était toujours prête à écouter
et à sympatiser avec les sentimens
de Fanny. Aucune autre personne à
Portsmouth ne prenait intérêt à un
chagrin qui troublait une famille
éloignée de plus de trente lieues.
Madame Price elle-même se bornait
à dire, quand elle voyait une lettre
dans la main de Fanny : « Ma pauvre
sœur Bertram doit être bien troublée ! »

'Après avoir été si long-temps sé-
parées et si différemment situées, les
deux branches de la famille avaient
presque oublié les liens du sang.
Madame Price s'intéressait aussi peu

à lady Bertram que celle-ci à madame Price. Trois ou quatre Price auraient pu mourir, à l'exception de William et de Fanny ; que lady Bertram n'y aurait pas songé ; ou peut-être madame Norris aurait-elle dit que c'était un gran' bonheur pour sa pauvre sœur Price.

CHAPITRE VIII.

Au bout d'une semaine de séjour à Mansfield, le danger immédiat où la vie de Thomas s'était trouvée, était passé, et le mieux s'était tellement prononcé, que lady Bertram crut n'avoir plus rien à craindre, et fit part de sa sécurité à Fanny. Celle-ci partagea la tranquillité de sa tante, jusqu'à ce qu'une lettre d'Edmond vint lui donner une connaissance plus précise de la situation de Thomas, et lui faire part des appréhensions que son père et lui avaient conçues d'après le rapport du médecin, qui avait remarqué des symptômes de phthisie succéder à la fièvre.

Cependant, comme la famille
n'était pas sujète à la pulmonie,
Fanny était plus portée à espérer
qu'à craindre pour la vie de son cousin, excepté lorsqu'elle pensait à
miss Crawford. Elle imaginait que
miss Crawford était l'enfant du bonheur, et ç'aurait été pour sa vanité
et son amour-propre un évènement
très-heureux, que d'épouser Edmond comme fils unique.

Même dans la chambre du malade,
l'heureuse Marie n'était point oubliée d'Edmond. Fanny lut à la fin
de sa lettre, ce post-scriptum : « A
l'égard de ce que je vous disais dans
ma dernière lettre, j'avais commencé
à écrire à miss Crawford, lorsque j'ai
été obligé de partir pour me rendre auprès de Thomas. J'ai changé
d'idée maintenant, et je crains l'in-

fluence des amis. Aussitôt que Thomas sera mieux, je partirai. »

Cette situation dura à Mansfield jusqu'à Pâques. Le rétablissement de Thomas était d'une lenteur alarmante.

Pâques vint, et précisément très-tard cette année-là. Lady Bertram témoignait souvent le désir de revoir Fanny; mais il ne venait aucun message de sir Thomas pour décider son retour. Le mois d'avril était à sa fin. Trois mois étaient bientôt écoulés depuis que Fanny était absente de Mansfield.

Lorsqu'elle était venue à Portsmouth, elle avait aimé à dire qu'elle allait à sa maison. Cette expression lui avait été chère, et il en était encore ainsi, mais elle l'adressait alors à Mansfield. C'était là qu'était désormais sa maison. Portsmouth était Portsmouth ; Mansfield était le logis. La délicatesse qu'elle avait à l'égard de ses parens la faisait éviter soigneusement de témoigner cette préférence ; mais ils étaient sans aucune jalousie de Mansfield : et lorsque le temps de son séjour à Portsmouth s'étant prolongé, sa précaution fut quelquefois mise en défaut, ils lui entendaient parler de retourner à Mansfield avec autant de bonne volonté que si elle eût parlé de rester avec eux.

Il fut triste pour Fanny de perdre tous les plaisirs du printemps ; et au lieu de pouvoir admirer le développement des premières fleurs du jardin de lady Bertram, et la végétation des plantations de son oncle ; d'être renfermée au milieu du désordre et du bruit, et de respirer un mauvais air, au lieu de jouir de la fraîcheur, de la verdure et de la liberté.

Elle s'étonnait que les sœurs de Thomas restassent à Londres dans un semblable moment. Si madame Rushworth avait quelques raisons pour y rester, rien ne devait empêcher Julia de se rendre auprès de son frère. Lady Bertram, dans une de ses lettres, avait bien dit à Fanny que Julia avait offert de revenir à Mansfield si l'on avait besoin d'elle ; mais il était évident qu'elle aimait mieux rester où elle se trouvait.

Fanny était disposée à penser que l'influence de Londres était pernicieuse pour tout louable attachement. Elle en voyait une preuve dans miss Crawford aussi bien que dans ses cousines. Plusieurs semaines s'étaient écoulées sans qu'elle eût reçu un mot d'elle, malgré cette amitié prétendue sur laquelle Fanny, à l'en croire, aurait dû compter positivement. Elle commençait à supposer qu'elle n'en entendrait pas parler de tout le printemps, quand la lettre suivante lui parvint, et en réveillant d'anciennes sensations, lui en causa de nouvelles.

«Pardonnez-moi, ma chère Fanny, le plus promptement que vous le pourrez, mon long silence, et agissez, je vous en prie, comme si vous me l'aviez pardonné. Vous êtes si bonne, que j'espère être traitée par vous mieux que je ne le mérite; et je vous écris maintenant pour que vous me répondiez immédiatement. J'ai besoin de connaître quel est l'état des choses à Mansfield, et vous êtes sans doute à même de me le dire. Il faudrait être de marbre pour ne pas être touché de la position où se trouvent les habitans de cette maison. D'après ce que l'on me dit, le pauvre M. Bertram a peu d'espoir de guérison. Je croyais d'abord que sa maladie était peu de chose; mais on m'assure maintenant qu'il est décidément sur son déclin, que les symptômes sont très-alarmans, et qu'une partie de la famille en est prévenue. Je n'ai pas besoin de vous dire combien je serais charmée d'apprendre par vous que ce rapport n'est pas fondé, mais j'avoue que je n'ose l'espérer. Il est extrêmement triste de voir un jeune homme enlevé ainsi à la vie à la fleur de son âge. Le pauvre sir Thomas sera bien affligé

de cet évènement : j'en suis véritablement agitée. Fanny, Fanny, je
vous vois sourire, et me regarder
d'un air malin.... Mais sur mon honneur, je n'ai jamais suborné un médecin dans ma vie. Pauvre jeune
homme! S'il meurt, il y aura *deux*
pauvres jeunes gens de moins dans
le monde, et j'oserais dire que la richesse et l'importance ne pourraient
tomber ainsi dans de meilleures
mains. J'ai agi avec une précipita-
tion folle à Noël dernier, mais le
mal peut être réparé. Le vernis et
la dorure cachent plus d'une tache.
Écrivez-moi par le retour du cour-
rier ; vous devez juger de mon
anxiété, et ne pas la traiter légère-
ment. Dites-moi la vérité puisque
vous devez être à sa source. Mes
sentimens doivent vous rassurer au-

tant que les vôtres mêmes. Non-seu-
lement ils sont naturels, mais ils
sont philantropiques et vertueux ; je
vous demande à vous-même, si *sir*
Edmond ne fera pas plus de bien
avec tous les revenus de la famille
Bertram, qu'aucun autre sir possible ? Si madame Grant eût été chez
elle, je ne vous aurais pas importu-
née de ces questions. Mais vous êtes
la seule personne à qui je puisse
m'adresser, les sœurs d'Edmond n'é-
tant pas à ma portée. Madame Rushworth a passé les fêtes de Pâques à
Twickenham avec la famille Aylmer,
et n'est pas encore de retour ; et Julia est chez des cousins qui demeu-
rent près de Bedford - Square, et
dont j'ai oublié le nom et la rue. Je
suppose que les jours de fêtes de
Pâques ne dureront pas beaucoup

plus long-temps pour madame Rushworth. Les Aylmers sont de très-
agréables gens, et quand son mari
est absent, Maria ne peut que s'a-
muser avec eux. Je l'ai engagée à
inviter sa belle-mère, qui est à Bath,
à venir loger chez elle ; mais comment la douairière et elle pourront-
elles rester dans la même maison ?
Ne pensez-vous pas qu'Edmond serait déjà revenu à Londres sans cette
maladie de son frère ?

« Votre affectionnée, MARIE. »

« Je venais de fermer ma lettre
quand Henri est entré ; mais il ne m'a
donné aucune nouvelle qui m'em-
pêche de vous l'envoyer. Madame
Rushworth sait que l'on a des inquiétudes. Henri l'a vue ce matin. Elle
est revenue aujourd'hui à son hôtel ;

la vieille belle-mère est arrié e. Ne soyez pas inquiète de ce que Henri ait passé quelques jours à Richmond. Il le fait chaque printemps. Soyez assurée qu'il n'est occupé que de vous seule. En ce moment il brûle de vous voir. Il me répète ce qu'il vous a dit à Portsmouth à l'égard de votre retour à Mansfield, et je me joins à lui de toute mon ame. Chère Fanny, écrivez-nous de venir; cela nous fera du bien à tous. Moi et mon frère, nous pouvons aller au presbytère, comme vous savez, et nous ne gênerons nullement nos amis de Mansfield. Un peu de société nouvelle ne peut que leur être agréable. Et quant à vous - même, vous devez penser qu'on a tellement besoin de vous à Mansfield, que vous ne pouvez en conscience, et consciencieuse comme vous l'êtes, vous refuser à profiter de l'occasion qui vous est offerte, pour y retourner. Je n'ai ni le temps ni la patience de me charger des messages de Henri. Je me borne à vous dire qu'ils sont dictés par une affection inaltérable. »

Le déplaisir que Fanny avait éprouvé en lisant la plus grande partie de cette lettre, et son aversion pour contribuer à réunir Edmond et miss Crawford, l'empêchaient de pouvoir juger avec impartialité si elle pouvait accepter ou non l'offre qui lui était faite. C'était pour elle une image de grande félicité que de se représenter transportée dans trois jours à Mansfield; mais quand elle pensait qu'elle devrait ce bonheur à des personnes dont la conduite lui paraissait si blâmable en ce moment, à

miss Crawford, dont la froide ambition était si manifeste, à M. Crawford, qui avait fait de nouveau la
connaissance de madame Rushworth,
et qui dans son insatiable vanité se
faisait peut-être encore un jeu de
troubler sa tranquillité, elle rejetait
bien vite cette idée. Elle était mor-
tifiée ; elle avait mieux espéré de
M. Crawford. Mais du reste, elle
avait une règle de conduite qui ne
lui permettait pas d'être indécise.
C'était son respect pour son oncle,
et la crainte de prendre une liberté
avec lui qui n'aurait pas été convenable. Elle remercia donc miss Crawford, mais en refusant positivement
d'accepter son offre. « Son oncle, lui
disait-elle, avait l'intention de l'envoyer chercher ; mais comme la maladie de son cousin s'était prolongée

sans que l'on eût jugé que sa présence fût nécessaire, elle devait supposer que son retour ne serait pas
agréable en ce moment. »

Les détails qu'elle donnait à miss
Crawford étaient tels, qu'elle les
croyait exacts : et ils étaient propres,
à ce qu'elle supposait, à flatter les
vœux secrets de miss Crawford.

CHAPITRE IX.

Comme Fanny ne doutait point que sa réponse ne fût une véritable contrariété pour miss Crawford, elle s'attendait, d'après la connaissance qu'elle avait de son caractère, à être pressée de nouveau d'aller à Mansfield ; et quoiqu'une semaine se fût écoulée sans qu'une seconde lettre arrivât, elle avait encore la même opinion. quand elle en reçut une nouvelle.

Il lui parut, avant de l'ouvrir, que cette lettre ne contenait que peu de lignes, et avait été écrite à la hâte. Peut-être miss Crawford lui écrivait-elle pour lui annoncer qu'elle arriverait le jour même à Portsmouth ;

peut-être M. et miss Crawford, s'é-
tant adressés à son oncle, avaient-
ils obtenu la permission de la ramener à Mansfield. Fanny, occupée de
cette idée, ouvrit la lettre, qui était
ainsi conçue :

« Un bruit très-scandaleux et très-
perfide vient d'arriver jusqu'à moi,
et je vous écris, chère Fanny, pour
vous prévenir de vous garder d'y
ajouter la moindre foi, s'il se répan-
dait dans le pays. Soyez certaine
qu'il y a quelque erreur, et que sous
quelques jours il sera manifeste que
Henri n'est point blâmable, et n'est
occupé d'aucune autre personne que
de vous, malgré un moment d'étour-
derie. Ne dites pas un mot de cela;
ne soupçonnez rien, ne dites rien
jusqu'à ce que je vous aie écrit de

nouveau. Je suis sûre que tout s'é-
claireira, et qu'il n'y aura rien de
prouvé que la folie de M. Rushworth.
S'ils sont partis, je parierais ma vie
qu'ils ne sont allés qu'à Mansfield,
et que Julia est avec eux. Pourquoi
n'avez-vous pas voulu nous laisser
aller vous chercher? Je désire que
vous ne vous en repentiez pas.

« Votre affectionnée, etc. »

Fanny resta stupéfaite. Comme
aucun bruit n'était parvenu à ses
oreilles, il lui était impossible de
comprendre cette étrange lettre.
Elle y voyait seulement qu'elle devait se rapporter à la famille Rushworth et à M. Crawford, et qu'il
était arrivé quelque chose que miss
Crawford avait jugé propre à causer
de la jalousie à Fanny. Mais miss

Crawford n'avait pas besoin de s'inquiéter à cause de cela; et quant à M. Crawford, Fanny espérait qu'un tel évènement servirait à la convaincre qu'il était incapable d'être attaché sincèrement et constamment à aucune femme dans le monde; et qu'il cesserait de persister à lui demander sa main.

Elle avait cependant pensé qu'il lui était réellement attaché, et que son affection n'était pas un sentiment ordinaire. Il fallait qu'il y eût eu quelqu'attentions marquées de sa part pour sa cousine madame Rushworth; il fallait qu'il y eût eu quelques fortes indiscrétions de commises, car miss Crawford ne se serait pas alarmée pour quelque chose de peu important. Son inquiétude redoublait à chaque instant. Il lui

était impossible de bannir cette lettre de sa pensée, et elle ne pouvait
confier à personne l'anxiété qu'elle
éprouvait.

Le lendemain vint, et aucune
nouvelle lettre ne parut. Elle ne put
penser à autre chose de toute la matinée; mais l'après-midi, lorsque
son père revint avec le journal,
comme à l'ordinaire, elle s'attendait
si peu à recevoir quelque éclaircis-
sement par cette voie, que, pour un
moment, cet objet était sorti de sa
pensée.

Son père lut son journal, pendant
que madame Price se plaignait,
comme à son ordinaire, de ce que
la table sur laquelle on devait servir
le thé, ne fût pas nettoyée. Fanny
fut tout-à-coup tirée des réflexions
dans lesquelles elle était plongée,

par la voix de son père, qui, après avoir lu et relu un certain paragraphe, lui dit : « Fanny, comment se nomme votre cousine qui est à Londres ? »

Fanny répondit : « Rushworth, mon père. »

« Et ne demeure-t-elle pas dans la rue Wimpole ? »

« Oui, mon père. »

« Eh bien, le diable se mêle de leurs affaires. Tenez (en lui présentant le journal), vous avez-là de belles relations. Je ne sais pas ce que sir Thomas peut penser de pareilles choses : il est peut-être assez grand seigneur pour ne pas en aimer moins sa fille ; mais, par Dieu ! si elle m'appartenait, je lui tiendrais la corde si serrée, qu'elle ne serait pas loin de moi. On devrait condamner à la flétrissure l'homme et la femme qui figurent dans cette affaire, pour empêcher de semblables indignités. »

Fanny lut elle-même que « c'était avec un vif regret que le journaliste avait à annoncer au monde un *fracas* matrimonial dans la famille de M. R..., de la rue Wimpole. Que la belle madame R..., dont le nom était depuis peu de temps inscrit dans les fastes de l'hymen, et qui avait promis un si brillant modèle pour les femmes à la mode, avait quitté la maison de son mari avec le séduisant et bien connu M. C..., l'intime ami de M. R..., et que l'on ignorait où ils étaient allés. »

« C'est une erreur, mon père, dit Fanny aussitôt, il faut que ce soit une erreur : cela ne peut être vrai ;

cela regarde quelqu'autre personne. »

Fanny parlait ainsi, comme ex-
citée par le désir de retarder la honte
de sa cousine ; elle parlait avec une
résolution qui naissait d'une sorte de
désespoir ; car elle ne pouvait croire
qu'elle disait vrai. La vérité l'acca-
blait de tout côté. M. Price prenait
trop peu d'intérêt réel à l'évènement
qu'il venait de lire, pour faire une
longue réponse à Fanny. Il recon-
nut que tout cela pouvait être un
mensonge, « quoique dans le temps
actuel, tant de belles dames se don-
naient à Satan, que l'on ne pouvait
répondre de personne. »

« J'espère que cela n'est pas vrai,
dit madame Price ; ce serait par trop
choquant.... Si je n'ai pas dit douze
fois à Rebecca de nettoyer cette table !... »

Fanny était frappée de stupéfaction, par la conviction qu'elle venait de recevoir du crime commis par M. Crawford. Plus elle y pensait, et plus elle en reconnaissait toutes les tristes conséquences. La soirée se passa sans qu'elle pût cesser un moment d'y songer : elle ne put fermer l'œil de la nuit. Elle passait d'un sentiment d'affliction à un sentiment d'horreur. Cet évènement lui paraissait si révoltant, qu'il y avait des momens où elle le croyait impossible. Une jeune femme mariée depuis six mois, un homme se déclarant épris d'une autre femme, et même presque engagé avec elle, les deux familles liées d'amitié, tout cela formait un tel mélange de fautes, qu'elle ne pouvait le concevoir, et cependant, cela était certain ; la lettre de miss Crawford en était la preuve irrécusable.

Quelles seraient les conséquences d'un tel évènement? Que de vues changées! miss Crawford elle-même, Edmond... Mais Fanny ne voulut pas arrêter sa pensée sur cette dernière circonstance, elle ne songea qu'au chagrin indubitable que les habitans de Mansfield allaient éprouver. Les sentimens d'honneur de sir Thomas, les principes d'Edmond, qui lui étaient bien connus, l'assuraient qu'ils auraient peine à supporter la vie après un pareil affront.

Deux jours se passèrent sans qu'aucune lettre vînt affaiblir ses appréhensions. Aucune nouvelle de miss Crawford pour contredire le triste évènement; aucune nouvelle de Mansfield, quoique Fanny en atten-

dit une lettre depuis long-temps.
Le troisième jour enfin, elle en re-
çut une; elle portait le timbre de
Londres, et était d'Edmond.

« Ma chère Fanny,

« Vous connaissez notre infortune
actuelle. Que Dieu vous donne la
force d'en supporter votre part. Nous
avons été ici deux jours; mais il n'y
a eu rien à faire, on ne peut découvrir leurs traces. Vous ne connaissez pas encore le dernier coup...
l'évasion de Julia. Elle est allée en
Ecosse avec Yates. Elle a quitté
Londres peu d'heures avant que
nous y arrivassions. Dans tout autre
moment, ç'aurait été un évènement
affreux : aujourd'hui, ce ne paraît
être rien : cependant, c'est une forte
augmentation de malheur. Mon père

ne se laisse point accabler par ces tristes circonstances. Il peut encore penser et agir; et je vous écris par son ordre, pour vous proposer de revenir à la maison. Il est impatient de vous y avoir à cause de ma mère. Je serai à Portsmouth le matin du lendemain du jour où vous recevrez cette lettre, et j'espère vous trouver prête à partir pour Mansfield. Mon père désire que vous invitiez Susanne à venir avec vous, pour y passer quelques mois. Arrangez cela; dites ce qu'il faut; je suis sûr que vous recevrez cette invitation comme une preuve de l'affection de mon père dans un pareil moment. Vous apprécierez son intention; que je vous représente mal, peut-être; vous pouvez deviner quelque chose de l'état de trouble où je suis. Le

malheur est tombé sur nous en en-
tier. Je serai près de vous de bonne
heure.

« Votre affectionné, etc. »

Fanny n'avait jamais eu tant besoin de reprendre ses esprits. Demain! quitter Portsmouth demain!...
Elle sentait, malgré elle, qu'elle était
exposée au danger d'être extrêmement heureuse, tandis qu'un si grand
nombre de gens qu'elle aimait,
étaient plongés dans l'affliction. Partir si tôt, être demandée si cordiale-
ment, et avec la permission de me-
ner Susanne avec elle, tout cela
formait une telle combinaison de
choses heureuses, que, pour un moment, toute peine fut bannie de son
cœur. L'évasion de Julia ne l'affec-
tait que très-peu, comparativement.

Elle était surprise, révoltée; mais elle ne pouvait commander à l'agitation de son esprit. Elle était obligée de s'efforcer de se rappeler cet évènement pour y penser, tant elle était occupée des soins agréables et pressans auxquels il fallait qu'elle se livrât.

Il n'y a rien de tel pour secourir contre l'affliction, qu'une occupation active et indispensable. Fanny avait tant de choses à faire, que l'horrible aventure de madame Ruhsworth même, ne pouvait l'affecter comme auparavant. Elle n'avait pas le temps de s'affliger. Dans vingt-quatre heures, elle espérait être partie. Il fallait parler à son père, à sa mère, préparer Susanne, tenir tout prêt à l'heure indiquée. C'était affaire sur affaire. Le jour fut à peine

assez long pour tout achever. Le
bonheur qu'elle répandit dans sa famille, très-peu touchée de la triste
nouvelle de l'évasion de Julia; le
joyeux consentement que son père
et sa mère donnèrent au départ de
Susanne, la satisfaction générale
avec laquelle on regardait leur départ à toutes deux, et l'extase de
Susanne, tout cela contribua à ranimer le courage de Fanny.

L'affliction de la famille Bertram
était peu ressentie à Portsmouth;
madame Price parla pendant quelques minutes de sa pauvre sœur, et
ne s'occupa plus ensuite que de
trouver une malle pour y mettre les
habillemens de Susanne, parce que
Rebecca avait bouleversé tous les
coffres qui étaient dans la maison,
et en avait détruit la plus grande

partie. Quant à Susanne, qui voyait
le premier vœu de son cœur satisfait, et qui ne connaissait ni les
personnes qui s'étaient rendues coupables, ni celles qui étaient dans
l'affliction, elle dissimulait sa joie,
et l'on ne pouvait rien demander de
plus d'une vertu humaine de quatorze ans.

Les deux sœurs se trouvèrent
prêtes le lendemain matin. A huit
heures, Edmond était chez elles;
elles entendirent sa voix, et Fanny
descendit pour le recevoir. L'idée
de le voir, et la connaissance de ce
qu'il devait souffrir, ramenèrent dans
le cœur de Fanny tous ses premiers
sentimens. Elle était prête de s'évanouir, lorsqu'elle entra dans le parloir. Il était seul, il s'avança vivement vers elle, et Fanny se sentit

pressée sur son cœur, tandis qu'il prononçait d'une voix émue ces paroles : « Ma Fanny....., mon unique sœur....., ma seule consolation désormais. » Elle ne pouvait articuler un seul mot, et pendant quelques minutes, il fut obligé de garder le même silence.

Il fit un effort sur lui-même, et demanda à Fanny si elle était prête, si Susanne venait. Ces questions furent faites rapidement. Son grand objet était de partir aussitôt que possible. Lorsqu'il pensait à Mansfield, le temps était précieux, et la situation de son esprit ne lui faisait trouver de soulagement que dans le mouvement. Il fut arrêté que, dans une demi-heure, la voiture serait à la porte, Fanny ayant dit qu'elle serait prête dans cet espace de temps,

ainsi que Susanne. Edmond refusa
de prendre part à leur déjeûner, et
sortit pour ordonner à la voiture de
s'avancer à l'heure convenue.

Il fut exact. La voiture vint. Edmond passa quelques minutes avec
la famille, et fut témoin de la manière tranquille avec laquelle les
adieux se firent. Mais il ne voyait
rien.

Le cœur de Fanny tressaillit de
joie, lorsqu'elle passa les barrières
de Portsmouth, et l'on peut bien deviner que celui de Susanne éprouvait la même allégresse.

Le voyage avait l'apparence de
devoir être silencieux. Les profonds
soupirs d'Edmond se faisaient souvent entendre à Fanny ; s'il eût été
seul avec elle, il lui aurait ouvert
son cœur, malgré ses résolutions.

Mais la présence de Susanne le forçait à rester concentré dans lui-
même.

Fanny veillait sur lui avec une
tendre sollicitude. Quelquefois son
œil rencontrait le sien, et elle en
recevait un sourire affectueux qui
lui donnait du courage; mais la première journée se passa sans qu'elle
entendît un mot de lui sur les sujets
qui l'occupaient. Le matin du jour
suivant produisit quelque petite
explication. Un moment avant qu'ils
quittassent Oxford, pendant que Susanne était à la fenêtre, Edmond,
qui se trouvait avec Fanny dans
l'appartement, fut frappé de l'altération de ses traits ; et comme il
ignorait ce qu'elle avait eu à souffrir dans la maison de son père, il
attribua cette altération aux derniers

évènemens qui venaient d'avoir-lieu, et il lui dit à voix basse, mais avec beaucoup d'expression : « Je ne suis point étonné que vous soyez sensible à cela : vous devez souffrir. Comment un homme qui avait aimé une fois, pouvait - il vous mériter ? O Fanny! pensez à moi! »

Le second jour, ils arrivèrent de bonne heure dans les environs de Mansfield, et à mesure qu'elles en approchaient, les deux sœurs devenaient plus émues. Fanny commençait à craindre son entrevue avec ses tantes et Thomas, après l'humiliation qu'ils venaient de recevoir; et Susanne pensait avec anxiété que tout ce qu'elle avait appris récemment sur la politesse des manières, allait être mis en action.

Fanny, pendant la route, n'avait

point été insensible au changement qui s'était opéré dans la nature depuis le mois de février; mais quand elle arriva dans le parc, ses sensations acquirent encore plus de charmes. Elle avait été absente pendant trois mois, et l'hiver s'était changé en été. Ses yeux rencontraient partout la végétation la plus fraîche; et les arbres qui n'étaient pas encore revêtus de tout leur feuillage, étaient dans cet aspect délicieux, qui, en présentant beaucoup aux yeux, laisse encore davantage à faire à l'imagination. La jouissance que Fanny éprouvait était pour elle seule. Edmond ne pouvait la partager. Elle le regardait; mais il était plus sombre que jamais; ses yeux se fermaient, comme si l'aspect d'une nature riante les eût blessés.

Cela rendit Fanny triste de nouveau, et la connaissance des afflictions qui devaient être éprouvées à Mansfield, donna même un air mélancolique à la maison spacieuse, moderne, aérée et bien située qui s'offrait à ses regards.

Les voyageurs étaient attendus avec une impatience qui n'avait jamais été éprouvée auparavant. Fanny eut à peine passé la ligne des domestiques, dont la figure était grave et attristée, que lady Bertram, quittant le salon pour venir au-devant d'elle avec une marche qui, cette fois, n'avait aucune indolence, se jeta à son cou, en criant: « Chère Fanny ! maintenant je pourrai vivre! »

~~~~~~

CHAPITRE X.

Sir Thomas, sa femme et madame Norris avaient été fort affligés, chacun des trois se croyait le plus à plaindre ; mais madame Norris, comme ayant le plus grand attachement pour Maria, était véritablement celle qui souffrait davantage. Maria avait été sa favorite ; c'était elle qui avait le plus contribué à son mariage, elle l'avait souvent rappelé avec un sentiment de vanité, et cette conclusion l'anéantissait.

C'était une autre créature. Elle était devenue indifférente pour tout ce qui se passait autour d'elle. Le plaisir de se trouver seule avec lady Bertram et son neveu Thomas, et d'avoir toute la maison confiée à ses soins, était devenu sans aucun attrait pour elle. L'affliction avait détruit son activité, et ni lady Bertram ni Thomas n'avaient trouvé en elle le moindre appui. Elle n'avait pas plus fait pour eux qu'ils n'avaient fait pour l'un l'autre. Ils étaient restés solitaires, sans consolation, et également dans l'abandon. L'arrivée d'Edmond, de Fanny et de Susanne ne fit qu'augmenter l'affliction de madame Norris. Thomas et lady Bertram se trouvaient soulagés; mais pour elle, la colère se mêlait à sa douleur, à la vue de la personne que dans son aveuglement elle accusait du malheur survenu. « Si Fanny eût accepté M. Crawford, cela ne serait point arrivé. » Susanne aussi l'offusquait : elle ne

la reçut qu'avec des regards repous-
sans. Elle voyait en elle un espion,
une nièce indigente et un objet d'a-
version. Susanne fut reçue par son
autre tante avec une tranquille affa-
bilité. Comme sœur de Fanny, lady
Bertram jugea qu'elle avait droit à
être bien accueillie à Mansfield, et
elle l'embrassa avec plaisir. Cette
réception était plus que Susanne
n'avait espéré. Quant à sa tante
Norris, elle était prévenue qu'elle ne
devait s'attendre de sa part qu'à des
témoignages de mauvaise humeur.

On la laissa à elle-même pour faire
connaissance avec la maison, et passer agréablement ses journées dans
cette occupation, tandis que les autres habitans de Mansfield étaient ou
renfermés, ou occupés des individus
qui avaient besoin de leurs consola-

tions. Edmond tâchait d'échapper à ses propres sentimens en s'occupant de secourir son frère ; et Fanny, dévouée à sa tante Bertram, avait repris ses premières occupations avec plus de zèle que jamais, pensant qu'elle ne pouvait avoir trop de soin pour une personne qui témoignait avoir besoin d'elle.

Parler du terrible évènement avec Fanny, parler et se lamenter, c'était là toute la consolation de lady Bertram. Elle ne pensait point avec profondeur ; mais guidée par sir Thomas, elle pensait avec justesse sur les points importans, et d'après cela, elle ne se dissimulait en rien toute l'énormité de la faute de sa fille. Elle jugeait que cet évènement entraînait pour elle la perte de sa fille, malheur qui ne pouvait être détruit.

Fanny apprit d'elle toutes les particularités qui avaient transpiré jusqu'alors. Madame Rushworth était allée passer les fêtes de Pâques à Twickenham avec une famille dont elle avait fait la connaissance, composée de personnes agréables, spirituelles, et probablement de mœurs légères, car M. Crawford avait toujours eu accès auprès d'elles. M. Rushworth avait été pendant ce temps-là à Bath, pour y rester quelques jours avec sa mère, et ensuite la ramener à Londres. Maria s'était trouvée sans aucune contrainte avec ses amis : elle s'y était trouvée sans avoir même Julia avec elle ; car Julia, depuis deux ou trois semaines, était allée rendre visite à des parens de sir Thomas. Cette démarche avait eu probablement pour but de s'enten-

dre avec M. Yates. Peu de jours
après le retour de M. et Mme Rushworth à Londres, un ancien ami de
sir Thomas lui écrivit de se rendre à
Londres pour faire usage de son influence sur l'esprit de sa fille, et
mettre fin à une intimité qui déjà
l'exposait à des remarques fâcheuses,
et causaient une inquiétude évidente
à M. Rushworth.

Sir Thomas se préparait à agir d'a-
près cette lettre, sans faire part de
son contenu à aucun des habitans
de Mansfield, quand un exprès dé-
pêché par le même ami vint lui apporter une autre lettre pour l'informer de la situation presque désespé-
rée où se trouvaient son gendre et
sa fille. Madame Rushworth avait
quitté la maison de son mari. M.
Rushworth était venu, plein d'afflic-

tion et de colère, consulter M. Harding, l'auteur de la lettre. M. Harding craignait pour le moins une très - grande indiscrétion. Il faisait son possible pour tout apaiser dans l'espoir du retour de madame Rushworth; mais il désespérait d'y réussir, après avoir vu le courroux de la mère de M. Rushworth.

Il fut impossible de cacher cette seconde communication au reste de la famille à Mansfield. Sir Thomas partit ; Edmond voulut aller avec lui. Les autres personnes de la famille restèrent à Mansfield dans un état d'affliction qui fut encore accru par les premières lettres qui vinrent de Londres. Tout était devenu public. Madame Rushworth la mère, qui, pendant le peu de jours qu'elle avait passés avec sa bru, n'avait pu

s'entendre avec elle, paraissait irré-
conciliable ; et quand bien même
cela aurait été autrement, la chose
n'en était pas moins sans espoir,
puisque madame Rushworth ne paraissait point, et qu'il y avait tout
lieu de croire qu'elle était cachée
quelque part avec M. Crawford, qui
avait quitté la maison de son oncle
le même jour, comme pour entreprendre un voyage.

Sir Thomas était resté à Londres
dans l'espoir de découvrir où était
sa fille, pour l'arracher au vice,
quoique tout fût perdu du côté de
la réputation.

Fanny pouvait à peine arrêter sa
pensée sur les souffrances que sir
Thomas devait éprouver. Edmond
était le seul de ses enfans qui ne fût
pas pour lui un sujet d'affliction. La

santé de Thomas avait été fortement
altérée par la conduite de sa sœur ;
et l'évasion de Julia était venue porter le dernier coup au cœur paternel
de sir Thomas. Fanny espérait que
son mécontentement contr'elle serait appaisé ; et raisonnant autrement
que madame Norris, elle pensait
qu'elle serait justifiée à ses yeux.
M. Crawford, par sa conduite, la
faisait s'applaudir de l'avoir refusé.
Mais quoique cela fût fort important
pour elle, c'était une triste consolation pour sir Thomas. Le déplaisir
de son oncle était une chose terrible
pour Fanny. Que pouvaient faire
pour lui sa justification, sa reconnaissance, son attachement ? Il n'y
avait qu'Edmond qui pût lui offrir
une consolation.

Elle se trompait toutefois en sup-

posant qu'Edmond ne donnait aucune peine à son père dans le moment actuel. A la vérité, cette peine
était moins vive que celles excitées
par ses autres enfans; mais sir Thomas regardait le bonheur d'Edmond
comme détruit par cette offense de
sa sœur, et par celle de son ami, à
la sœur duquel il devait renoncer,
quoiqu'il eût éprouvé pour elle un
véritable attachement, et que son
mariage avec elle, qui avait été très-
probable, eût été une union si dé-
sirable, sans la conduite de ce frère
coupable. Sir Thomas sentait ce que
son fils Edmond devait éprouver à
Londres. Il avait deviné ses sentimens, et ayant eu sujet de croire
qu'une entrevue avait eu lieu avec
miss Crawford, et qu'Edmond n'en
avait recueilli qu'une augmentation

d'affliction, il avait été impatient de lui faire quitter Londres, et l'avait engagé à aller chercher Fanny pour la conduire auprès de sa tante, dans l'espoir que cette société lui ferait du bien, ainsi qu'aux autres habitans de Mansfield. Fanny n'était pas dans le secret des sentimens de son oncle, et celui-ci ne l'était pas dans ceux de miss Crawford. S'il eût mieux connu son caractère, et s'il eût entendu la conversation qu'elle avait eue avec son fils, il aurait renoncé à la voir entrer dans sa famille, quand bien même ses vingt mille livres sterling en eussent été quarante.

Fanny ne doutait point qu'Edmond ne fût séparé pour toujours de miss Crawford, et cependant elle hésitait à le croire entièrement, jus-

qu'à ce qu'elle en fût assurée par lui-
même. Elle le voyait rarement, et
jamais seul. Il évitait probablement
de se trouver en tête à tête avec elle.
Que devait-elle en conclure? Que
son affliction était encore trop vive
pour en faire le sujet d'une légère
communication. Il cédait à son devoir, mais avec des combats qui ne
pouvaient être racontés. Il se passe-
rait long-temps, pensait Fanny,
avant que le nom de miss Crawford
sortît de ses lèvres, et qu'il se livrât
à la confiance qui avait existé entre
Fanny et lui.

Plusieurs jours se passèrent en effet avant qu'Edmond commençât à
parler à Fanny de ce sujet. Le dimanche au soir cependant, le temps
étant pluvieux, et personne n'étant
dans le salon avec Edmond et Fanny

que lady Bertram qui sommeillait,
Edmond entra enfin dans le détail
de toutes les circonstances et de
toutes les sensations qu'il avait éprouvées dans son dernier voyage à Londres.

On peut imaginer avec quelle sollicitude Fanny écoutait, avec quel
soin elle observait l'émotion de la
voix d'Edmond, et avec quelle attention ses yeux étaient fixés sur lui.
L'exorde fut alarmant. Il avait vu
miss Crawford; il avait été invité de
venir la voir; il avait reçu un billet
de lady Stornaway pour l'engager
à se rendre auprès de miss Crawford,
et regardant cette entrevue comme
la dernière amicale entr'eux, prêtant
en outre à miss Crawford tous les
sentimens de peine et de confusion
que la sœur de Crawford devait

éprouver, il s'était rendu auprès
d'elle dans une disposition d'esprit
si adoucie, si dévouée, que pendant
un moment Fanny ne put croire que
cette entrevue pût être la dernière.
Mais lorsque Edmond avança dans
son récit, ses craintes se dissipèrent.
Miss Crawford l'avait reçu, dit-il,
avec un air sérieux et même agité ;
mais avant qu'il eût eu le temps de
prononcer une phrase, elle avait
abordé le sujet d'une manière qu'il
avouait avoir trouvée choquante.
« J'ai appris que vous étiez à Londres; j'ai désiré vous voir, dit miss
Crawford. Parlons de cette triste affaire. Peut-on voir une folie pareille
à celle de nos deux parens ? »....
....Je ne pus répondre, dit Edmond à Fanny ; mais je crois que
mes regards parlèrent pour moi. Elle

s'aperçut que je la blâmais. Avec un air plus sérieux et une voix plus grave, elle ajouta : « Je ne veux pas défendre Henri aux dépens de votre sœur.... » Elle commença ainsi, Fanny ; mais je ne puis vous répéter de quelle manière elle continua. La substance de ses paroles fut une grande irritation contre la folie de son frère et de ma sœur. Elle reprochait à son frère de se laisser entraîner par une femme qu'il n'avait jamais aimée, à renoncer à celle qu'il adorait ; et à la pauvre Maria, de sacrifier une si brillante position, pour se jeter dans de pareilles difficultés ; dans l'idée d'être aimée réellement par un homme qui avait depuis longtemps manifesté son indifférence pour elle. Jugez, Fanny, de ce que je devais éprouver en entendant miss

Crawford ne donner que le nom de folie à cette conduite de son frère; l'examiner, la détailler si librement, si froidement; ne témoigner aucune horreur; le dirai-je? aucune modeste et féminine aversion pour cette conduite si blâmable? Voilà ce que le grand monde produit; c'est par lui, Fanny, que cette femme que la nature avait comblée de tant de dons, en est tout à fait dépouillée. »

Après un moment de réflexion, Edmond continua avec une sorte de désespoir calme. « Je vous dirai tout, et je n'en reparlerai jamais. Elle ne voyait en cela que de la folie. Elle s'appesantissait sur le défaut de précaution; enfin, c'était de s'être laissés découvrir, plutôt que de s'être mal conduits, qu'elle blâmait les coupables. C'était leur im-

prudence qui avait porté les choses
à de telles extrémités, que son frère
avait été obligé de renoncer à ses
plans les plus chers pour fuir avec
Maria, qu'elle trouvait le plus re-
préhensible. »

Il s'arrêta. Fanny crut devoir
prendre la parole. « Et qu'avez-vous
pu lui répondre ? » dit-elle.

« Rien qui fût intelligible. J'étais
comme anéanti. Elle continua, et
commença à parler de vous, et elle
en parla comme elle le devait faire;
mais elle vous a toujours rendu jus-
tice. »

« Il a rejeté, dit-elle, une femme
comme il n'en retrouvera point. Elle
l'aurait fixé, elle l'aurait rendu heureux. »

« Ma chère Fanny, j'espère vous
causer, en vous parlant ainsi, plus

de plaisir que de peine, en vous re-
présentant l'image de ce qui aurait
pu avoir lieu; mais de ce qui ne peut
plus être maintenant. Vous ne désirez pas que je garde le silence? Si
vous le désirez, un regard, un mot
que vous m'adresserez, me fera me
taire. »

Aucun regard, aucun mot ne fut
adressé par Fanny à Edmond.

« Tant mieux! dit-il. La Provi-
dence miséricordieuse n'a pas voulu
que le cœur qui ne connaissait aucune faute fût affligé. Miss Crawford
parla de vous, Fanny, avec beaucoup d'éloges; mais il y eut encore
là un trait de malignité, car elle s'é-
cria : « Pourquoi ne l'a-t-elle pas
accepté? Tout cela est de sa faute.
Fille simple! Je ne lui pardonnerai
jamais. Si elle l'avait accepté, comme

elle le devait faire, ils auraient été en ce moment dans les préparatifs de leur mariage, et Henri aurait été trop heureux et trop occupé pour penser à aucun autre objet. Il n'aurait pris aucun souci de madame Rushworth; tout aurait fini par quelques attentions de galanterie aux rencontres à Sotherton et Everingham. » Auriez-vous cru cela possible, Fanny? Mais le charme est détruit; mes yeux sont ouverts. »

« Il est cruel, dit Fanny, de parler avec gaîté et légèreté dans un pareil moment, et en s'adressant à vous. »

« Non; ce n'est pas de la cruauté. Elle parlait ainsi, parce qu'elle est habituée à entendre tenir ce langage; je ne crois pas qu'elle voulût faire de la peine à qui que ce soit.

Mais cela provient, Fanny, d'un manque de principes et d'un esprit qui a été gâté par une mauvaise société. Peut-être est-ce un bien pour moi, puisque j'ai si peu de choses à regretter. Il n'en est pas ainsi toutefois. Je me soumettrais volontiers à toute la douleur de renoncer à elle, plutôt que d'être obligé d'avoir d'elle l'opinion qu'elle m'en a donnée. Je le lui ai dit. »

« Vraiment ? »

« Oui ; lorsque je l'ai quittée, je le lui ai dit. »

« Combien de temps êtes-vous restés ensemble ? »

« Vingt-cinq minutes. Elle finit par me dire que ce qui restait à faire était d'arranger un mariage entre Maria et son frère. Elle parla sur ce sujet avec une voix plus ferme que

je ne le puis faire, Fanny ! » Edmond fut obligé en effet de s'arrêter
quelques instans, après quoi il continua : « Nous devons, dit-elle, persuader à Henri d'épouser Maria, et,
avec la certitude qu'il aura d'être
séparé pour toujours de Fanny, je
n'en désespère pas. Il faut qu'il aban-
donne Fanny. Je ne pense pas qu'il
puisse espérer de réussir à s'en faire
aimer maintenant, et c'est ce qui me
fait croire que nous ne rencontre-
rons aucun obstacle insurmontable.
Mon influence, qui n'est pas médiocre, sera toute employée à ce
but. Quand Maria sera mariée et ap-
puyée convenablement par sa famille, elle pourra reprendre, jusqu'à certain degré, un rang dans la
société. Nous savons bien qu'elle ne
sera jamais admise dans quelques

cercles ; mais avec de bons dîners et des soirées nombreuses, il y aura toujours assez de gens qui seront aises de faire sa connaissance. Ce que je conseille sur-tout, c'est que votre père reste tranquille. Persuadez-lui de laisser les choses prendre leur cours. Si, d'après ses démarches, elle se détermine à quitter la protection d'Henri, il y aura beaucoup moins de chance pour elle de l'épouser que si elle restait avec lui. Je sais de quelle manière on peut l'influencer. Que sir Thomas se fie à son honneur et à sa compassion, et tout cela peut bien finir. Mais s'il sépare sa fille de Henri, il détruira le principal moyen de réussir. »

Edmond, après avoir répété cette conversation, était si affecté, que Fanny, qui l'observait avec un intérêt silencieux, mais le plus tendre possible, était presque fâchée de ce que ce sujet eût été entamé. Il se passa quelques momens avant qu'il pût reprendre la parole. « Maintenant, Fanny, je vous ai dit la substance de ses discours. Aussitôt que je pus parler, je répliquai que je n'avais pas supposé possible, en venant lui rendre visite dans de telles circonstances, que je fusse plus affligé après l'avoir entendue, qu'auparavant. Que bien que je me fusse aperçu de quelques différences dans nos opinions dans le cours de notre connaissance, il n'était jamais entré dans mon imagination de concevoir cette différence aussi grande qu'elle venait de me la montrer ; que la manière dont elle parlait du crime détestable commis par son frère et ma sœur, en nous

conseillant sur-tout d'y donner notre
acquiescement, dans l'espoir d'un
mariage qui, d'après l'idée que j'a-
vais maintenant de son frère, serait
plutôt évité que recherché, m'avait
convaincu que je l'avais mal connue
jusqu'alors, et que c'était un fantôme
de mon imagination, et non miss
Crawford, dont j'avais été trop porté
à m'occuper, pendant les derniers
temps qui venaient de s'écouler; que
peut-être c'était un bien pour moi,
puisque j'avais moins à regretter le
sacrifice d'une amitié.... de sentimens.... d'espérances, auxquels je
devais absolument renoncer; et que
j'avoûrais cependant que si j'avais
pu la replacer dans mon esprit, telle
qu'elle y était avant cet entretien,
j'aurais préféré avoir plus de peines
à supporter, en lui conservant tous

ses droits à ma tendresse et à mon estime. Voilà ce que je lui dis avec l'émotion que vous pouvez imaginer. Elle fut surprise. Je la vis changer de contenance. Elle rougit beaucoup. Je crus remarquer une sorte de combat, une demi-volonté de céder à la vérité, une demi-confusion ; mais l'habitude l'emporta. Elle voulut s'efforcer de sourire en me répondant : « Voilà une très-bonne prédication en vérité. Faisait-elle partie de votre dernier sermon ? Vous reformerez bientôt tout le monde à Mansfield et à Thornton-Lacey, et je m'attends à entendre bientôt dire que vous êtes un illustre prédicateur, soit dans quelque grande société de méthodistes, soit comme missionnaire dans les pays lointains. » Elle voulait avoir l'air de parler avec gaîté ; mais elle n'y pou-

vait réussir. Je me bornai à lui ré-
pliquer que je lui souhaitais beaucoup de bonheur, et que je désirais
de tout mon cœur apprendre bientôt
qu'elle pensât avec plus de justesse,
et qu'elle ne dût point la connaissance la plus précieuse à acquérir,
celle de nous-mêmes et de notre devoir, aux leçons de l'affliction. Je
quittai aussitôt l'appartement. J'a-
vais fait quelques pas, lorsque la
porte derrière moi s'ouvrit. « M. Bertram ! » dit miss Crawford. Je tour-
nai la tête vers elle. « M. Bertram ! »
dit-elle avec un sourire ; mais ce sourire était peu d'accord avec la conversation que nous venions d'avoir.
Il exprimait une sorte de malignité
et de désir de me subjuguer ; du
moins je le jugeai ainsi. Je résistai,
et me retirai tranquillement. Depuis

j'ai regretté quelquefois, pendant un moment, de n'avoir point retourné sur mes pas ; mais je sens que j'ai agi suivant la voix de la raison. Et ainsi s'est terminée notre connaissance. Combien j'ai été déçu ! également déçu à l'égard du frère et de la sœur ! Je vous remercie de votre patience, Fanny. Mon récit est achevé. »

Fanny crut pendant cinq minutes que ce sujet était épuisé ; mais il revint encore dans l'entretien ; et jusqu'à ce que lady Bertram se réveillât, ils ne parlèrent que de miss Crawford. Edmond se plaisait à se rappeler comment elle lui avait inspiré de l'attachement, et combien elle eût été aimable si elle eût été mieux entourée. Fanny, qui pouvait dès-lors parler ouvertement, crut pouvoir

faire entendre à Edmond que la santé
de son frère pouvait entrer pour quelque chose dans son désir d'une com-
plète reconciliation. C'était une in-
sinuation peu agréable. Edmond aurait préféré que miss Crawford eût
eu pour lui un attachement plus dé-
sintéressé. Il se soumit à croire cependant que la maladie de Thomas
l'avait influencée, se réservant cependant de penser que, d'après la
différence de leurs habitudes, elle
avait eu pour lui plus d'attachement
qu'il n'avait dû s'y attendre. Fanny
pensait absolument la même chose.
Ils avaient également la même opinion sur l'effet ineffaçable que cet
évènement devait avoir sur l'esprit
d'Edmond. Le temps pourrait bien
diminuer un peu sa souffrance, mais
il y aurait toujours une sorte de re-

gret dont il ne pourrait se délivrer. Et quant à la possibilité de rencontrer jamais une autre femme qui pût succéder.... c'était tellement hors de probabilité, que l'on ne pouvait y songer sans indignation. L'amitié de Fanny, c'était là toute la consolation et l'ambition d'Edmond.

CHAPITRE XI.

Que d'autres plumes que la mienne se complaisent à peindre le crime et la désolation ! Je quitte ces sujets odieux, aussi promptement que je le puis.

Ma Fanny se trouvait enfin heureuse, en dépit de toute autre chose. Il y avait pour elle des sujets de bonheur qui la forçaient de le connaître, malgré l'intérêt qu'elle prenait aux peines des personnes qui l'entouraient. Elle était revenue au parc de Mansfield, elle y était utile, elle y était aimée; elle était dégagée des poursuites de M. Crawford; et lorsque sir Thomas revint, elle reçut de lui toutes les preuves qu'il pouvait

lui donner dans la triste situation
d'esprit où il se trouvait, de son en-
tière approbation et de l'accroisse-
ment de son estime pour elle. Et ce
qui ajoutait sur-tout à son bonheur,
c'était qu'Edmond n'était plus la
dupe de miss Crawford.

A la vérité, Edmond était loin
d'être heureux. Il s'affligeait de ce
qui avait eu lieu, et soupirait pour
ce qui ne pouvait plus être; Fanny
savait quelle était sa situation d'esprit, et en était chagrine; mais c'était
un chagrin tellement en harmonie
avec ses plus doux sentimens, qu'il
pouvait équivaloir à la gaîté.

Sir Thomas fut le plus long-temps
profondément affligé, parce qu'il reconnaissait les fautes qu'il avait faites comme père. Il sentait qu'il
n'aurait point dû marier sa fille à

M. Rushworth, que les sentimens de Maria lui avaient été suffisamment connus pour qu'il n'eût point dû effectuer cette union, et qu'en agissant ainsi, il s'était laissé guider par des motifs personnels et une sagesse mondaine. Ces réflexions demandaient du temps pour que leur amertume fût adoucie. Mais le temps peut tout faire, et quoiqu'il résultât peu de consolation pour sir Thomas à l'égard de madame Rushworth, il en recevait plus qu'il ne l'avait supposé de la part de ses autres enfans. Le mariage de Julia devint une affaire moins fâcheuse qu'il ne l'avait paru d'abord. Elle était soumise, et demandait qu'on lui pardonnât. M. Yates, qui désirait être reçu dans la famille, paraissait disposé à se laisser guider par sir Thomas. Sa si-

tuation était plus avantageuse qu'on
ne l'avait pensé, et ses dettes étaient
moins considérables qu'on ne l'avait
craint. Thomas donnait aussi de la
consolation à son père. Sa santé
s'était rétablie graduellement sans
qu'il eût repris ses anciennes habitudes. Il était beaucoup plus raison-
nable qu'avant sa maladie. Il avait
souffert, et il avait appris à penser,
deux avantages qu'il avait ignorés
jusqu'alors. La conduite de sa sœur,
à laquelle il se reprochait d'avoir eu
quelque part, par l'intimité qui était
résulté de son désir d'avoir un théâ-
tre à Mansfield, avait fait une impression profonde sur son esprit, et
les plus heureux effets en furent la
suite. Il devint ce qu'il devait être,
utile à son père, et ne vivant plus
pour lui seul.

Ce fut là une véritable consolation pour sir Thomas, et Edmond contribua à son tour à soulager l'affliction de son père en reprenant sa sérénité. Après avoir erré sous les ombrages du parc avec Fanny pendant tout l'été, son esprit avait tellement repris sa tranquillité, qu'il se montrait de nouveau assez joyeux.

Quoique ces circonstances contribuassent puissamment à relever le courage de sir Thomas, il ne pouvait cependant bannir les reproches qu'il se faisait, des erreurs qu'il avait commises dans l'éducation de ses filles.

Il reconnaissait trop tard combien le traitement entièrement opposé que Maria et Julia avaient éprouvé, avait été peu favorable à leur caractère. L'indulgence et la flatterie de leur tante Norris, avait continuellement été en contraste avec sa propre sévérité. Il regrettait qu'avec tous les frais d'une éducation dispendieuse, ses filles n'eussent jamais été instruites de leurs premiers devoirs.

La hauteur et l'emportement de madame Rushworth se manifestèrent entièrement dans leur dernier triste résultat. On ne put lui persuader de quitter M. Crawford : elle espérait qu'il l'épouserait, et elle resta avec lui jusqu'à ce qu'enfin elle fût obligée d'être convaincue que cette espérance était vaine, et jusqu'à ce que le dépit qu'elle en conçut, changeant ses sentimens en aversion, l'un et l'autre se tourmentèrent mutuellement, et finirent par se séparer volontairement.

Madame Rushworth avait existé dans la compagnie de M. Crawford, pour l'entendre lui reprocher d'être la cause de la destruction du bonheur dont il aurait joui avec Fanny ; elle n'emporta d'autre consolation en le quittant, que la satisfaction de les avoir séparés.

M. Rushworth ne fit aucune difficulté à ce que son divorce fût prononcé, et ainsi finit un mariage qui ne pouvait avoir une autre issue. Maria avait méprisé M. Rushworth et aimait M. Crawford ; et M. Rushworth l'avait épousée, quoiqu'il soupçonnât beaucoup que ces deux sentimens existaient dans le cœur de sa femme. Sa punition suivit la folie de sa conduite.

Le séjour que devait habiter madame Rushworth, devint le sujet

d'une importante et solennelle consultation. Madame Norris, dont l'attachement semblait augmenter en
raison des fautes de sa nièce, voulait qu'elle fût reçue à Mansfield.
Sir Thomas s'y opposa formelle-
lement. Il déclara qu'il la protége-
rait comme sa fille, espérant qu'elle
se repentirait, et lui donnerait toute
l'assistance que leurs rapports de famille exigeaient ; mais qu'il n'irait
pas plus loin. Maria, dit-il, avait
détruit sa propre réputation, et il ne
voulait pas essayer de réparer ce qui
ne pouvait être réparé.

Le résultat de la consultation fut
que madame Norris se décida à quitter Mansfield, pour aller se dévouer
à Maria, et vivre avec elle dans une
autre province éloignée où, voyant
peu de société, et n'ayant d'un côté

aucune affection, et de l'autre aucun jugement, elles se punirent mutuellement par leurs propres carac-
tères.

L'éloignement de madame Norris de Mansfield, fut un des plus
grands soulagemens de la vie de sir
Thomas. Sa bonne opinion à son
égard avait toujours graduellement
diminué depuis son retour d'Anti-
goa. Dans leurs rapports journaliers,
elle avait toujours perdu davantage
dans son estime; et il avait fini par
la considérer comme un mal d'autant plus tourmentant, qu'il n'avait
aucun espoir d'en être débarrassé
de toute sa vie. Il était si satisfait
de son départ, qu'il craignait de se
féliciter du malheur auquel il devait
un si grand bien.

Elle ne fut regrettée de personne

à Mansfield. Elle n'avait pu se faire aimer de ceux mêmes qu'elle aimait davantage ; et depuis la fuite de madame Rushworth, son caractère avait été dans un tel état d'irritation, que tous les habitans de Mansfield la regardaient comme un fléau. Fanny elle-même ne put donner une larme à sa tante Norris, même quand elle fut partie pour toujours.

Julia, moins flattée, moins caressée par sa tante Norris que Maria, avait dû à cette différence de s'être un peu mieux conduite que sa sœur. Elle s'était habituée à penser qu'elle était un peu inférieure à Maria, en beauté et en agrémens. Elle avait mieux supporté qu'elle la contrariété de l'indifférence de Henri Crawford; et elle commençait à ne plus penser à lui, lorsqu'il avait renouvelé ses

visites à Londres, chez M. Rushworth. Julia eut la prudence de choisir ce moment pour aller voir d'autres amis, afin d'échapper au danger
de s'attacher de nouveau à M. Crawford. M. Yates n'était entré pour rien
dans sa résolution. Elle avait reçu ses
attentions pendant quelque temps,
mais avec peu d'idée de l'accepter
pour époux, et M. Yates n'aurait probablement point réussi à faire ce
mariage, si Julia, après la conduite
de sa sœur, n'avait été tellement effrayée de la sévérité de sir Thomas,
et de la contrainte dans laquelle elle
présumait devoir vivre dans la maison paternelle, qu'elle avait regardé
son union avec M. Yates comme la
seule mesure à adopter. La faute de
Maria avait causé la folie de Julia.

Henri Crawford, perverti par une

indépendance précoce, et de mauvais exemples domestiques, se livra
trop long-temps aux prestiges d'une
froide vanité. Une fois il avait trouvé
la route du bonheur. S'il se fût borné
à vouloir conquérir l'affection d'une
femme aimable et à gagner l'estime
et la tendresse de Fanny Price, il
aurait eu tout espoir de succès et de
félicité. S'il eût persévéré dans sa
bonne conduite et dans ses louables
sentimens, Fanny aurait été sa récompense, et une récompense volontairement accordée, après qu'Edmond aurait eu épousé Marie.

S'il avait agi comme il voulait le
faire et comme il sentait qu'il le devait, en allant à Everingham aussitôt
son retour de Portsmouth, il aurait
décidé son heureux sort. Mais il fut
sollicité de rester au bal de madame

Fraser. Il devait y rencontrer madame Rushworth. La curiosité et la vanité l'engagèrent à y assister. Il vit madame Rushworth, et en fut accueilli avec une froideur qui piqua son amour - propre. Il ne put supporter d'être repoussé par une femme, sur le visage de laquelle il avait fait naître le sourire à sa volonté. Il voulût que madame Rushworth fût encore pour lui Maria Bertram.

Il commença son attaque, et, par une vive persévérance, il eut bientôt rétabli l'espèce de rapports de familiarité, de galanterie, de coquetterie auxquels il bornait ses prétentions. Mais il avait inspiré à madame Rushworth des sentimens plus vifs qu'il ne l'avait supposé. Elle l'aimait. Il fut dupe de sa propre vanité. Avec peu d'amour pour Maria , et sans aucune inconstance d'esprit à l'égard de Fanny, il se trouva entraîné, par l'imprudence de la première, à fuir avec elle, parce qu'il ne pouvait faire autrement. Il regretta Fanny dans ce moment-là même , et la regretta encore bien plus vivement quand le fracas de cette intrigue fut passé, et qu'il eut appris , au bout de peu de mois, à apprécier le contraste qu'il y avait entre Maria et le caractère doux , la pureté d'esprit et l'excellence des principes de Fanny. Il ne put jamais se consoler d'avoir troublé la paix d'une famille respectable , d'avoir perdu l'ami le plus estimable qu'il eût connu, et la femme qu'il avait aimée avec le plus de raison et de passion.

M. et Mme Grant, après l'évène -

ment qui avait brouillé les deux familles, ne pouvaient plus désirer d'habiter le presbytère de Mansfield. Ils le quittèrent pour Westminster, où M. Grant vint occuper une place. Madame Grant eut encore une maison à offrir à Marie Crawford, qui, au bout de six mois, dégoûtée de la vanité et de l'ambition de ses propres amis, eut besoin de recourir à la tendre amitié de sa sœur. Elles vécurent ensemble, et Marie, malgré ses charmes et ses 20,000 livres sterling, fut long-temps sans trouver quelqu'un dont le caractère et les manières pussent lui donner l'espérance du bonheur domestique, tel qu'elle avait appris à l'estimer à Mansfield, et qui fût capable de bannir Edmond Bertram de sa pensée.

Edmond était bien plus heureux

qu'elle. Il lui était facile de trouver un objet digne de succéder à son affection pour miss Crawford. A peine avait-il observé à Fanny combien il était impossible pour lui de rencontrer jamais une femme pareille, qu'il fut frappé de l'idée qu'une femme d'un autre caractère lui conviendrait peut-être beaucoup mieux, et qu'il se demanda bientôt si Fanny ne lui devenait pas aussi chère, aussi attrayante que miss Crawford, et s'il n'était pas possible qu'il lui persuadât de changer leur amitié fraternelle en tendresse conjugale.

Cette agréable métamorphose eut lieu à l'époque précise où il était convenable qu'elle se fît. Edmond cessa de penser à miss Crawford, et devint aussi empressé d'épouser Fanny, que celle-ci pouvait le dési-

rer. Elle lui était chère à tant de
titres, qu'il n'y avait rien de plus
naturel que ce changement. Il avait
été son guide, son protecteur ; son
esprit s'était formé par ses soins. Son
doux regard lui avait bientôt paru
préférable aux yeux brillans de
miss Crawford ; et toujours avec
elle, toujours lui parlant en confidence, et lui racontant ses chagrins,
il n'avait pu tarder à reconnaître la
supériorité d'un regard si doux.

Dès qu'il eut décidé d'adopter
cette route de son bonheur, il ne
vit aucun motif du côté de la prudence pour l'arrêter. Toutes les qualités se trouvaient réunies dans
Fanny pour le déterminer à former
cette union. Au milieu même de sa
passion pour miss Crawford, il avait
reconnu la supériorité du jugement

de Fanny. Quelle opinion ne devait-il pas en avoir, lorsqu'il eut repris toute sa raison ? Il se livra donc avec ardeur à la poursuite du bonheur qu'il ambitionnait, et il était impossible qu'il ne reçût pas bientôt des encouragemens de la part de Fanny. Timide et craintive, telle qu'elle l'était, elle hésita à croire pendant quelque temps à la réalité des vœux d'Edmond ; mais elle finit cependant par lui faire connaître la douce et surprenante vérité. Le bonheur d'Edmond, en apprenant qu'il était aimé depuis si long-temps par un cœur aussi pur, ne peut s'exprimer. Aucune description ne pourrait le rendre, non plus que les sentimens d'une jeune femme qui reçoit l'assurance d'un amour qu'elle n'avait jamais osé se flatter d'inspirer.

Fanny et Edmond s'étant assurés de leur affection mutuelle, il ne leur restait aucune difficulté de fortune ou de famille à vaincre. Leur mariage avait été un des vœux de sir Thomas. Tout à fait dégoûté des liaisons ambitieuses et mercenaires, il appréciait chaque jour davantage le mérite des bons principes et du caractère, et il avait vu avec satisfaction qu'Edmond et Fanny trouvaient dans l'un l'autre leur consolation des évènemens survenus dans la famille. Le consentement joyeux qu'il donna à la demande d'Edmond, sa persuasion de faire une grande acquisition en nommant Fanny sa fille, formèrent un contraste avec ses opinions précédentes, quand la venue de la pauvre petite Fanny à Mansfield avait été proposée pour la première fois. Le temps produit toujours de ces contrastes dans les plans et les décisions des hommes, pour leur propre instruction.

Fanny était précisément la fille dont sir Thomas avait besoin. Il aurait pu rendre son enfance plus heureuse ; mais ce n'avait été qu'une erreur de jugement qui lui avait donné une apparence de rudesse à l'égard de Fanny, et qui l'avait privé de sa première tendresse. Leur attachement mutuel acquit chaque jour plus de force en se connaissant mieux. Après que sir Thomas l'eut établie à Thornton - Lacey, comme épouse d'Edmond avec toutes les attentions les plus bienveillantes, son objet, chaque jour, était de l'y aller voir, ou de la recevoir à Mansfield.

-Lady Bertram n'aurait pu consentir à se séparer de Fanny qui lui était si nécessaire, si Susanne ne fût restée pour occuper sa place. Susanne devint la nièce stationnaire, et en fut enchantée. Son esprit prompt, son inclination à être utile, et sa reconnaissance, la rendaient on ne peut plus propre à succéder à Fanny ; et après que celle-ci eut cessé d'être auprès de lady Bertram, Susanne devint graduellement, par son utilité auprès de sa tante, peut-être la plus aimée des deux sœurs. Les attentions soutenues de Susanne, l'excellence de Fanny, la continuation de la bonne conduite de William et sa bonne réputation toujours croissante ; la réussite des autres membres de la famille Price, s'aidant mutuellement les uns les autres, et faisant honneur à la protection de sir Thomas, furent pour celui - ci autant de sujets de s'applaudir de ce qu'il avait fait pour la famille Price, et de reconnaître les avantages d'une éducation sévère, et de la persuasion d'être né pour lutter contre les contrariétés.

Edmond et Fanny, avec un véritable mérite et un véritable amour, jouissaient de tout le bonheur que l'on peut connaître sur la terre. Egalement formés pour la vie domestique, et attachés aux plaisirs des champs, leur demeure était celle de l'affection et de l'agrément ; et pour compléter leur félicité , l'acquisition du presbytère de Mansfield après la mort du docteur Grant, eut lieu pour eux, après qu'ils eurent été assez long-temps époux pour désirer une augmentation de revenu, et d'être moins éloignés de la maison paternelle.

Il se rendirent à cette occasion à Mansfield, pour en habiter le presbytère, que Fanny n'avait jamais regardé avec plaisir, en se rappelant ses précédens possesseurs ; mais dèslors il acquit à son cœur et à ses yeux tout le prix et toute la perfection qu'elle trouvait depuis longtemps aux différens objets qui entouraient le presbytère du parc de Mansfield.

FIN DU QUATRIÈME ET DERNIER VOLUME.

www.ingramcontent.com/pod-product-compliance
Lightning Source LLC
Chambersburg PA
CBHW070854030726
47504CB00005B/1332